非必要清單

木卫二 著

东方出版中心

缅忆我的亲人

他们为我付出良多却少有回报

序

智者说，当你等待得越久，你预期要等待的时间，就会越长。

这本书，盖因本命年之际我做了个决定，从出生的 1984 年，到 2019 年，每一年份，选出一部心水电影。具体书写的形式、体裁，不自我设限。36 篇，一份与仪式感有关的人生清单，遇上一场地覆天翻的命运变化。它与电影，在不知何时终了的病毒大流行中历劫，如此艰难。我从未想过。

多数人也应该从未想过，电影院会关门 176 天，这个春天无片可看。原来电影并非一日三餐。非必要，可以没有电影。

至于我，我通过电影，了解世界，电影也塑造了我。是谓所过者化，所存者神。

电影是许多人的梦，尤其是志在拍电影的那些人。

电影对二十出头的年轻人，大致是友善的。

斗志昂扬的 26 岁，你可以成为拍出《公民凯恩》的奥逊·

威尔斯。

如果你不太走运，仍然可以在 36 岁，不必囿于家庭厨房，而是成为打出《推手》的李安。

即便四处碰壁，自觉倒霉透顶了，你还是可以在 46 岁，像哈内克那样，拍出第一部电影，摘得两次戛纳金棕榈。

但你知道的，这些大师事迹，自带电影的造梦光环，远离了多数人的生活世界。更多人有同样的青春梦想，又在同样的二三十年，没拍出来电影，没吃成胖子，还有像我这样的，没下过几次厨房。

至于上了五十，你若还等待忽然一阵敲门声。注意了，那多半不是好运气，而是游荡的死神。

以上是本书最丧气的一席胡话。这本书，无关碎梦，也无关造梦，它是我对电影的一些想法。研究一根羽毛，无法知道鸟类如何飞行。我感念评论与电影之间的距离，也心甘情愿，继续保持那份愚蠢。我羡慕孩子，他们有着忘记过去、专注于眼前、奇迹般的能力。我也感到，这个世界状况不妙，光有电影还不行，于是在架子上堆满了书。

有关电影的三十六年梦，有许多，似乎遁入杉本博司所拍摄的电影院。艺术家用同等时长的曝光时间，对准戏院大银幕，拍摄一部部正在上映的电影。结果，呈现于我们眼前的，是一道白光，一幕闪亮，一片，又一片，充满喧哗与骚动，又归于沉默。那一瞬，也许浓缩并概括了电影术与记忆法的梦幻关系。

“你好像不看电影了……”

“怎么不在豆瓣上继续发影评？”

几年来，我失陷于沉默，陆续收到朋友的关心。至于以上问题种种，这本书，是我的回应。如果你发现，书中夹带太多对永远失去了的那个世界的眷念，想来也不是一次偶然。

我也该记下卯时的大慈寺，传来梆子的更点。母亲刚醒来的哀伤眼神，请求着这个世界，多给她点时间。还有一场夏天的豪雨，泡坏了的天花板。一棵被砍掉了的、六层楼高的构树。一只远离了同类、错把铁栏杆当树干的蝉。它哑哑地叫着，我默默地看着。

2020 年初稿于成都锦江惜字宫南街

2022 年定稿于佛山禅城垂虹公园

目录

我知道那个年轻人想拍什么

《黄土地》

又一次想起《黄土地》，是在看《我和我的祖国》的时候。

陈凯歌在其执导的“白昼流星”这一单元，争议最大。不少人干脆没看懂。

想来也不奇怪。“白昼流星”是命题作文里面最离题的那部分。电影里的少年，要感谢的对象，是另一位第五代导演田壮壮饰演的老李。晨光投照在内蒙古的原野，少年追随老者，骑着骏马驰骋。这片土地如此辽阔，似乎永无尽头。往某个方向狂奔而去，就可以进入另一个时空的黄土地。

1984 年的《黄土地》，宣告中国第五代导演的横空出世。这是载入电影史的。

第一次看完《黄土地》，整夜都响着山谷的风声和女孩的歌声。那年我23岁，爱好看电影，不时写点字，想着能不能靠它谋一条生路。后来我在中国电影资料馆和丝绸之路电影节重看《黄土地》，再和别人提及电影史和“第五代”，就像误入被冷落的新石器时代遗址。“陈凯歌”三字，已然等同于过时。

中国电影资料馆那次观影，胶片老化，未经修复。画面上的黄土地，已经变成了红土地。全程擦痕跳动，大小噪点密布，好似刚从砂砾中出土，随时要断片燃烧。

丝绸之路电影节时，我看的《黄土地》就已经是修复版本了。我认为，它是先后修复的几部国产影片（《老井》《盗马贼》等）中，观影感受最好的一部。是日放映，相当可怕，值得一记。影厅后半区，嗷嗷乱叫的小孩，还有慰问恳谈会的大声嚷嚷，轻易就盖过陕北的嘹亮歌声。为了离那片黄土地更近一些——我坐到了电影院头排，在四百多公里的地理距离上，缩短了两三米。

电影画面中高天厚土，一个又一个的空镜头，扑面打来。

“在这片古老的土地上，终年萦绕着信天游的旋律。”

出完字幕介绍，第一帧画面上方，是一截天空，下边是黄土高原，植被破坏、风吹日晒、流水冲刷之后，出现了小学地理课本上的千沟万壑。天与地，上下比，大约1∶6。当镜头摇动起来，黄土的厚度，制造了前所未有的视觉压迫。这时候，天就几乎看不着了。

空镜头如此不拘一格，连人物镜头也是。人头、人脸，全部被压在画面最下方，面相甚至都不完整。它们被强行切割——就仿佛那天，加上那地的重量，快要把这些人给挤到土里头去了。张艺谋的摄影厥功至伟，我戏称它是破坏性构图。这种破坏，来自有违传统故事片的机位、角度和构图法，把久经自然破坏和人为灾祸的历史，拉踩到了镜头之中，就好比那遍地沟壑，也爬成了老农的满脸褶子。

今天的主流观众在电影院看到这架势，不免以为摄影师睡着了，要么就是正腾出手训人打架，连炮口都歪了。大银幕上看《黄土地》，摄影大胆又老辣。空镜、人物镜头以外，张艺谋还用长焦镜头拍黄河水，线条颜色各不同，简直是一张又一张的摄影作品——是真艺术，“老天赏饭吃”般的才华。

当时，陈凯歌、张艺谋还没有被称为第五代导演。他们都是年轻人，想着要冒尖，行非常规之事。陈凯歌试图用画面代替叙事，告别过去的“假模式”。故事虽简单，但《黄土地》并没有放弃叙事。好比电影讲翠巧喜欢上了八路军战士顾青，但她想从封建婚姻出逃的迫切愿望，未必就弱于这份感情。翠巧要逃出这片自古以来的黄土地，寻找自由——电影就讲这么个事。这个故事不简单的地方，是面朝黄土背朝天的贫瘠环境下，你来我往的情感，没有任何遮蔽，完全暴露在天地之间，让位于但求繁衍的生存压力。这样的对手戏，用不上工笔，只能大写意。

19世纪末的莫理循，20世纪80年代的保罗·索鲁，当他们通过徒步、骑骡、搭火车等各种方式横穿中国时，最大感慨是东部中国，国人把山间谷底能耕耘开垦的土地，全都利用开发了。一旦跨过400毫米等降水量线，农耕文明就陷入了尴尬的被动。黄土高原上，农民收成可怜，与不甘心的庄稼一道，将半截身子，插入了土里，动弹不得。

《黄土地》带给过我许多感动。尤其近十分钟的送别戏里，翠巧以成熟大人口吻，千叮万嘱顾大哥，你要这般又那样。终于，他们不再说话，陷入了沉默。顾青转身离去，翠巧唱起了一曲又一曲的山歌，目送远走的八路军战士，还有倾注于他的希望。那歌声在山谷里回旋往复，飘荡千里，却穿不透那厚过老天的黄土。

顾青的背影，越走越远，越来越小，化为点。它是寂寂山谷中吹过去的风，跟黄土融为了一体。这些词曲是本子上记不下的，那是翠巧唱给他的心之声。

“山歌也救不了翠巧我，翠巧我。”

翠巧一步一步，回到山的那头，去接受身为女子的无情命运。凄风呜咽，悲凉不已。

电影诉说着这一切真实的情感，曲折地说，话中有话，曲中有情。它成功的地方，在于“迂回”，那迂回的山路，无人的空谷，穿透的歌声和不绝的黄河水。十年前，这一段曾使我落泪。如今我第三次看《黄土地》，依然湿了眼眶。

生活在黄土高原的人，正对镜头，穿着大体一致，身绑灰蓝破袄，头扎羊肚子白手巾。目力所及，个个灰头土脸，人人沉默无言。画面上明明有颜色，看起来却误以为没有颜色——没有预示希望和生命力的颜色——以至于结婚喜事一来，那刺眼醒目的大红，几乎是这个地方所能拥有的最鲜艳的颜色。它是人类还在苟活和繁衍的证据。

如同信天游唱法，《黄土地》也反复运用比兴手法。比者，是以彼物比此物。那些沉默不言的农民老汉，求雨壮汉，是底层挣扎求生的中国人的一部分。他们想活下去。翠巧则是万千中国女性的化身，她们勤劳善良，身怀才艺，却不得自由。她使我想起萧红的《呼兰河传》，写小团圆媳妇惨遭虐待，婆家拿着“三从四德”的幌子对她昼夜毒打。入夜传来的凄厉哭嚎，连小孩子都听得清清楚楚。人们明明都听到了，但无人出声，无人施以援手。

《黄土地》虽写出了翠巧的出走，但像大雁一样结队而来又分散开去的文艺工作者，没能救得了她。他们都是自己做不了主的人。

翠巧和顾青第一次出现在同一个场景，正是婚宴。翠巧背后的红对联上，写着“三从四德”。被邀请入座的顾青，席间夸一乡亲信天游唱得好。边上人倒也直接给话了：讨不到婆姨，光会唱酸曲。电影很适时地，端上来一盘做做样子的鱼。鱼是木头雕的，淋上酱汁，就是个大菜了。黄土地上的人，贫瘠如此。歌再怎么唱，也唱不出大米白面。听到最后，情投意合都是酸的，当不了饭吃。

顾青后来要走了。固定镜头里，他和翠巧两人一直有对话，但顾青从未出过门，也没有进入画面。镜头已经提前告知，顾青对翠巧的命运无能为力。顾青所眼见的沉重与痛苦，何尝不是开头婚礼中黄花闺女配老光棍的重现。翠巧的悲剧，是那天，那土，还有那跨不过的河。一条河流就是一段看得见的历史，是生活在这片土地上的人的血脉所在；我们每个人身体里，都淌着一条河。

兴者，先言他物以引起所咏之辞也。翠巧的歌，是唱给顾青的，也是唱给自己听的。她给了自己最大的悲悯和同情，她敌不过那命运。翠巧的希望殒灭，不是第一起，也不是最后一起。这样的曲，真酸入我心里。

张艺谋也在祈雨一段，提前演练了他后来的“集体主义团体操美学”。高亢激越的声声祈求，接连不断。土地在三拜九叩之下，突然拥有了异常鲜活的颜色。它仿佛听到了人们的欢呼，施与感应，热血沸腾并肿胀了起来。又话说回张艺谋主演的《老井》，还有前些年一时成为话题的《驴得水》，缺雨求水的大历史故事，在银幕上从没断过，且一定是发生在偏北一隅。

陈凯歌当年为什么能拍出《黄土地》？有位老师说得好，他（陈凯歌和张艺谋）的目的，纯粹就是为了拍《黄土地》。当时他们一无所有，电影就是他们的全部。后来有资本注入，陈凯歌拍出《霸王别姬》，且给全体主创带来一世声名。许多人看完都会点头，说陈凯歌就靠这个可以吃一辈子饭；而我更怀念的，却是片里片外大家都想讨一口饭吃的《黄土地》。

《黄土地》还让我想到那本薄薄的《少年凯歌》。

“眼前视野开阔，远山一层淡似一层，在阳光和云的游戏中忽明忽暗。我和身边的一切没有区别，都只是自然的一部分。我知道我找到了一个友人，它很宽大，足以容纳许多生命。我并不对它娓娓谈情，只是倾听和注视。它也并不溺爱我，只是暗示。这是一个生和死并存的世界。”

我知道那个年轻人想拍什么。看完电影，我看懂了，被感动了。

电影就是要与人慰藉

《蒲公英》

如果伊丹万作没有英年早逝（去世于二战结束后的1946年），而是多活二十年，他能否改写日本电影史？毕竟战后二十年，沟口健二、小津安二郎、黑泽明都爆发了惊人的创作力，迎来电影第二春。被桥本忍和野上照代尊为神坛人物的伊丹万作，能被后来观众看到的导演作品，只有《赤西蛎太》等几部。

大林宣言在《花筐》里致敬了29岁去世的山中贞雄。一部《人情纸风船》，已经达到了惊人的艺术高度。47岁去世的寺山修司，与其说他的电影光谱偏向情色，不如说是异色。他一度被误划为“CULT”导演，其实是跨界文字、影像、赛马等领域的全才型创作者。

如果，他们也再拍二十年，又会是怎样？

20 世纪七八十年代的日本电影，电影巨浪刚过，寺山修司和伊丹十三这批导演无法像大岛渚那样高举叛逆的旗帜，掀起电影浪潮。

伊丹万作终年 46 岁。而作为儿子的伊丹十三，51 岁才拍出人生第一部导演作品。如果伊丹十三不在 1997 年自杀，他是否有机会嘲笑后来创作力枯竭的导演？

历史没有如果。

日本是高龄长寿导演的聚集地，在才华水平势均力敌的情况下，如果想在电影史上抢到更好的那张椅子，这里有建议两条：

1. 保持身体健康，这是革命本钱。

2. 不要早逝，更不可以自杀。用坂口安吾的话说，“死这种什么时候都能做的事，不是应该做的”。

光说这些，似乎还是无法解释拍出了《蒲公英》的伊丹十三为何会自杀？他的妹夫大江健三郎想不明白，作为电影观众的我也想不明白。接受了伊丹万作托孤重任、扮演老好人角色的野上照代是这么说的：

死神潜伏在何处，没有人能知道。

2018 年北京国际电影节，我观影体验最好的一部片子，是 1985 年的《蒲公英》。导演，伊丹十三。

虽然影展期间技术处理和放映事故不断，本片却得以完美呈现。春日冷雨，我走进三里屯美嘉电影院，独享天时地利之机。那情境好比电影里，山崎努带小弟第一次走进了拉面馆。回到电影院的仪式感，还有集体参与感，正如电影里食物、人群和拉面馆所产生的慰藉。

失怙的伊丹十三，从演员跨界导演的伊丹十三，他电影生涯起点之高，不容置疑。处女作《葬礼》，还有这部《蒲公英》等，都是不可多得的佳作。

《蒲公英》常被认为是一部美食电影。它有一条主线，就是怎么开一家口味大杀四方、顾客络绎不绝的拉面店。

老板娘只有一个目标，就是做出一碗上好的、让客人把高汤喝到一滴不剩的拉面。诸如管事部门掀屋顶、社团勒索、房东涨租金的现实问题，不属于本片范畴。她遭受过惊吓：一次是看到大猪头，昏了过去；一次是另一家拉面馆老板前来砸场，做梦而已。

伊丹十三采用了大量即兴发挥，把玩电影的游戏式拍法，并不奔“含辛茹苦、打碎牙齿和血吞，最终成就一家米其林拉面店”而去。它更像一部意大利西部片，搭建团队，齐心冲刺，有人装潢，有人做汤，有人擀面，有人出力——如同牛仔行侠仗义，准备干一票大事。

片中不少人物章节段落，与拉面店的主线无关，不见头尾。它们是与美食有关的情欲挑逗和日常趣味，伊丹十三尽情暴露人类色相与感官欲望，展露其中美好。

尺度担当当属役所广司的段落。他在酒店与相好调情挑逗，活用新鲜食材。柠檬撒盐，红酒奶油的玩法，只是入门级，活虾乱跳，蛋黄来往，还有沾血生蚝的海女之吻，堪称“食色，性也；欲火炎炎”，令人拍案叫绝。

不难看出，这类场面都会有强烈性暗示。虽是两个交代不清的人物突然搞这么一出，但观众如我，却乐意享受电影的无厘头逗弄。

《蒲公英》香艳或恶搞的段落，无一例外地，像剪接错乱，变成了片中片、戏中戏。尤其是役所广司的死别戏，瓢泼雨、满身血，还惦记着吃烤山猪肠。“记得，一定要加东西。”濒死的类型片人物死到临头还要吃，虽一眼可见，假到没边，但情绪和行为上形成反差的黑色戏码，就是幽默的重大来源。

拔完牙的怪大叔，拿冰激凌诱惑小女孩，同样有欲望暗示。小女孩为什么会喜欢甜食，喜欢看起来很好看的冰激凌，它跟结尾滚字幕时的“母乳喂养好”有联系么，所谓的口欲期残留？我们不得而知。

《蒲公英》吹散开来许多斯文讽刺，就好比西餐厅不顾吃相的花样女士们。当你饥肠辘辘，是否还会在意文明优雅？

伊丹十三特别喜欢把镜头突然一甩，或者从远处跑来一堆龙套路人甲，再不然是一个跑过场的无名配角，然而却带出来一个不同的场景。比如在杂货店里，玩起猫和老鼠游戏的店员与老太，小孩打架与大人拼搏的剪接蒙太奇，新干线和高架路纵横交错的现代城市。这些话题，本来都在开一家好吃拉面店的故事主线以外。

坐在电影院，当片中出现点法餐和吃意面的场景，仿佛东方人看洋人使筷子，更是笑煞我也。留心了下，大家笑点顺序不一的反应。具体于该段落，一开始，大家还不明所以（有一个英文菜单特写），只是觉得蹊跷，为什么所有人，都点肉丸子，要喝喜力。需要指出的是，这绝不是喜力啤酒第一次被黑，大卫·林奇电影同样有梗。

伊丹的玩兴，为何如此之浓？

他在电影里塞了太多食材，不像拿一碗鳗鱼饭便可做文章的山田洋次。

我想，伊丹十三的表达欲望，显然过于强烈。他想要幽默如故，想要悲欣交集，又想要情感慰藉。如此一来，本是俗套励志的《蒲公英》，活活拍摄成了一副随心所欲、自由浪漫的大乱炖。

电影里的男人，一定要保住头上的毡帽。这顶帽子在告诉周围人，他们有男子气概，是对社会有用的人。所以哪怕已经相识，还要再打一场（固然打得有些假）。放置在高架桥下的搏斗，不如说是在刻画人在城市里的厮杀拼搏。

女人也如愿以偿，顶上了法国大厨高帽。电影里的日式拉面店，装修在今天看来，就是风格清新的网红店。流露如此西化的气质，伊丹十三有备而来。他在电影里玩起了意大利西部片，现学了法国大餐，又融合了最传统地道的日本拉面做法，还拉了告密的中国人出来当垫背。

《蒲公英》有许多弦外之音，比如那个回光返照去做蛋炒饭的家庭主妇。这样的场面，让我想起山田洋次《家族之苦3》的主妇，完全被一屋三代一大家子人的衣食生计所捆绑。那锅用生命翻炒的蛋炒饭，真有好笑又心酸的悲凉。

如果一定要归纳电影主题，《蒲公英》所讲述的，大概是一个人，一个嗷嗷待哺的婴儿，如何在痛苦（挫败）与食物（关爱）中成长，寻找着万诱之源。这过程中，自然少不了女性的关爱，尤其是伟大的母爱。如此说来，伊丹十三还讴歌了女性，怀念像被熊妈妈舔舐一般长大的自己。

看到片中的流浪汉个个深藏绝技，你就完全能够明白，许多美食是唯有富人能享受的，但味蕾上的刺激与怀念，则是人人平等的。食能果腹，支撑人类的生命不断延续，最终以死相抵。

伊丹万作深陷赤贫与病魔折磨之际，曾在报纸上写下“小小的愿望”——一碗热牛奶，一片香喷喷的黄油吐司。他说，那是他梦寐以求的。

亲爱的安德烈，我也老了

《牺牲》

敬畏塔可夫斯基

直到现在，海南岛国际电影节等新生节展筹备起节目，拿法国电影新浪潮片子来巡展，往往牢靠。新浪潮电影代表了年轻世代的口味，一直到戈达尔拿起手机玩直播，依然如故。不少人和我一样，提起或想到戈达尔这名字，脑海中总会浮现他年轻时代的墨镜形象。类似错觉，却绝不会发生在黑泽明或希区柯克身上。他们等同于前辈，只能是脸上划满智慧褶子的长者。

就像《一一》追悼会上的小男孩，塔可夫斯基从出道拍电影，就是艺术至上、思考生死、指问上苍的“老导演”。学生作品《压路机和小提琴》，还有《伊万的童年》的几段梦境，尚有无忧无虑的纯真。从轻盈剔透的梦中惊醒，现实严酷丑陋，以至于会变形成濒临崩溃的噩梦。在那以后，塔可夫斯基，这个诗人之子，终其一生都在痛苦求索人生和电影的真理。他的梦，不断生长，成为有自然生命的意识体，覆盖了整片俄罗斯大地。他的梦，越来越宏大，也越来越沉重。

饰演伊万的尼古拉·布尔利亚耶夫，回忆起《安德烈·卢布廖夫》杀青后的一次酒会后，他搭出租车，顺道送塔可夫斯基回家。这位在片场以严苛著称的导演，当时在尼古拉的膝头沉沉睡去。尼古拉轻抚着导演的头发，不禁感慨：

“亲爱的安德烈，你已经老了。”

当时的塔可夫斯基，不过 33 岁。

伯格曼、布列松和塔可夫斯基这类“老导演”，会让年轻人敬畏。盗版碟时代，面对他们，不敢轻易点下播放键；电影节时代，影院交战不到三回合就昏昏欲睡。广大文艺青年和青年艺术电影导演，又喜欢把塔可夫斯基挂在嘴边，但相信我，里面只有一小部分人，会无保留地感受他的痛苦与荣耀。

如此描述“老导演”们的中国遭遇，是因为我也曾属于不敢看塔可夫斯基和伯格曼的一员。回溯塔可夫斯基作品在中国的传播历程，你会惊讶于一个事实：相比影迷膜拜得跪地祷告、感恩涕零，电影学院出身的第五代和第六代导演，几乎没有受到过塔可夫斯基电影的影响。当时的电影学院，全盘照搬了苏联的电影教学模式，而塔可夫斯基正是当时苏联当局不喜欢的文艺界人士中的一员。他们的矛盾，在 1983 年戛纳国际电影节的《乡愁》映后被点燃引爆。据第三代导演崔嵬所说，《伊万的童年》曾作为“苏修”电影的典型作品，提供给有关部门做批判对象，有过小众范围的内部传播；洋溢着革命浪漫主义的《小兵张嘎》，正是对《伊万的童年》的叫板回应。如果说塔可夫斯基真的曾影响中国的导演，那第一批人，可能是以谢飞为首的第四代导演，只不过均为“无症状表现”。

一些观众观看《牺牲》，会不解于电视机里恐怖片样式的第三次世界大战新闻播报。在他们看来，大友克洋在《阿基拉》里描绘的 2020 年东京奥运会堪称“神预言”，而塔可夫斯基应该是不问世事，深沉得近乎有光环退避、寒气护体的灵修隐士，他怎么就关注起外部世界的飞机核弹，在临死前打开了潘多拉的魔盒呢？偏偏电影生涯七部半，塔可夫斯基就有《飞向太空》和《潜行者》两部科幻片，这与用电影跟库布里克对话有关，也和美苏争霸、太空竞赛的时代不无关系。再者，畅想通往未来的世界，总比在左右为难的彼时彼地徘徊不前要好。

塔可夫斯基总以“宗教福音”、有神论导演的形象出现，不遗余力地向世人布道。我却认为，他首要的身份，是一名苏联导演，被限制，自我流放。塔可夫斯基完整经历了冷战时代，如若不曾受益于短暂的赫鲁晓夫解冻时期，他或许会走别的艺术道路，又或许，没有路可走。

审查体系的诸多禁区，导致塔可夫斯基不得不进入意识和精神迷宫，开拓属于他的世外疆土。他离开家乡，在意大利流浪，没能挨到冷战结束，最终客死巴黎。命运中的一切，或许在《潜行者》里就已经安排好了。不要被绿草幽幽、污水横流的景象以及乡间废墟徒步所迷惑，《潜行者》是最黑暗凶险的一部塔可夫斯基作品。电影对后来的切尔诺贝利核灾难有警示预言——我第一次看《牺牲》，就误以为电视机里播报的该是 1986 年的切尔诺贝利事件。

塔可夫斯基的所有电影，唤醒了我对一件我们似乎已经淡忘的事的感知：人类的 20 世纪，是一个痛苦的时代——两次热战，一次冷战，人口激增而又屠戮无数。与之相比，启蒙般的 19 世纪就幸福甜美得多——人类手捧大革命的鲜花，奔着文明的果实而去。天堂似乎近在咫尺，唾手可得。

爱上塔可夫斯基

晚年的塔可夫斯基——这里又是一处错误印象——哦不，中年的塔可夫斯基由于走到了生命晚期，常以心力交瘁般的疲态示人。并肩同仁，少之又少，他不仅对电影界失望，更对世界失望——他对科技的发展会把人类文明拖向深渊的恐慌，与日俱增。

《牺牲》的开头与结尾，形成完整而圆满的呼应，是一次多重意义上的望乡。他的目光，望向故乡，也注视全人类。电影结尾处，引出两部片子。先是塔可夫斯基的长片首作《伊万的童年》，它的开始，正是一个小男孩和一棵树。那是一场梦境。《牺牲》结尾也是一个小男孩和一棵树。那是一次祈祷，镜头都是招牌式的扶摇直上。塔可夫斯基把这部《牺牲》献给儿子。他也在三十年后收到了儿子的回信，即纪录片《塔可夫斯基：在电影中祈祷》。

如何克服恐惧，去感受并爱上塔可夫斯基是件有趣的事。《牺牲》中，你或许很难接受主人公在林间草地上的喃喃自语，就连他本人，都受不了自己的紧张焦虑。与此同时，你完全可以舒缓一下精神上的疲惫煎熬，睁大眼睛，放空情绪，感受影像中自然界的绿意。微风拂过绿草，是看不见的天鹅羽翼，正在林间嬉戏。你大可以抛开裹脚布般的电影理论，信赖自己对美的判断，留心摄影机的运动，留意完美的构图。它们是如此真实，可信赖。

原野上的光照变化，屋子里的窗帘摆动，窗户玻璃的阻隔和人眼的视线穿透（有一幕我以为邮差向镜头走来，结果竟是倒影），它们能提供纯粹的视觉的美感。大致说来，电影导演在拍摄片场都是“暴君”或“独裁者”，塔可夫斯基出自举国体制的莫斯科电影制片厂，也不例外。他做得更为极致，动用造物主般的想象力，控制风、火、水、土，规定雪的融化脚步，掐好雨的抵达时刻，这些物质与形态，被赋予了生命，是塔可夫斯基电影艺术的原型。

枯树是大自然的一部分，木结构房子，正如那张复古的欧洲地图，塔可夫斯基也会把任何剥落和褶皱，视为大自然的一部分。出现微缩房子模型时，《牺牲》已经不是第一次采用上帝视角，如若眼前生活是上帝赏赐的礼物，人类也必须为此做出牺牲。

电影中段开始消去对白言语，转为大段大段沉默，一度就连声音都仿佛消失，万籁俱寂。你惊讶于付之一炬的长镜头时，方才想起，主人公已在开头就做过深度的内心剖白。

塔可夫斯基在《牺牲》中继续引用巴赫的音乐。他以拍摄有水的电影画面见长。万事万物，如置于水中，就会产生陌生又熟悉的体验。至于巴赫的音乐，它是一片看不见的、韵律有如海潮波浪的意识海洋，引领你扎身、投入、沉湎其中。当塔可夫斯基在电影中放入古典音乐，吟诵诗歌，那就意味着眼前的影像和观众的思想会产生不同的节奏变化。这就是艺术的魅力。

片中也讨论戏剧表演，多次出现演员注视摄影机，面向观众的镜头。晚年的塔可夫斯基会让演员自由发挥，在一次次的重拍中，试图激发出演员在假扮别人的同时又保留有自我感情的极限状态。还是片中的邮差，他压低着嗓子，兜着圈子，控制着全场节拍的表演做派，就是如假包换的舞台式表演方式。

作为被打压、被限制的苏联艺术家，塔可夫斯基认为自由不是权利，自由应该作为内在的精神而存在。然而，在远离祖国之后，他并没有走向打破自我、无所不为的题材自由，而是走向了精神深处，被外人视为保守的艺术自由。塔可夫斯基自述说："艺术是人类最无私的行为之一。艺术的意义是祈祷，这是我的祈祷。如果我的祈祷能成为他人的祈祷，那我的作品就能更靠近他人。人的职责，是为他人服务。"

讲给玛利亚的妈妈的故事，还有亚历山大所叨念的母亲，更像是在祷念大地母亲。在故事里，窗边的母亲，与窗外的花园，她们形同一体，密不可分。亚历山大为之痛苦的自然之美，荡然无存，里头有母亲不在的悲伤，但先于生命和自然荒废的，是电影导演的心。他已经苍老如斯。

我却也觉得，无论是否有人类的参与、观赏或改造，大自然的平静之下，总有不安分的生机涌动，随时擦拭掉伤口与疤痕。毕竟，人类这种生物，是太过微小的存在。

塔可夫斯基则说，《哈姆雷特》的伟大，并不是一个人为了他人而毁灭自己，而是一个人为了修补破碎的时代，牺牲了自己。《牺牲》为何会引入日本的枯树，让亚历山大穿上东方样式的袍子，在放火的凄清之晨响起尺八之声？塔可夫斯基在东方固然也有沟口健二这样的“泉下知音”，但心念《创世纪》“太初有道”的塔可夫斯基，之所以选择与日本有关的意象，恐怕还是因为那片土地上，有两次核武器爆炸的历史经历。

正如爱一般，塔可夫斯基的电影，往往只能去经历，无须去解释。蒂尔达·斯文顿（Tilda Swinton）说，她小时候常做这样一个梦：一只鸟在有沙丘的房间飞过。后来，她看过塔可夫斯基的《潜行者》，就再也没有做过这个梦了。该故事，被原封不动装进了贾木许的《控制的极限》。

电影人的话，真假莫辨。只是回想起《镜子》的天花板，如瀑布川流般剥落降下，还有《伊万的童年》灵魂出窍的飞翔骀荡时，我都会想起那句话：梦境消逝，电影永存。

为历史而活的孩子

《末代皇帝》

“爱新觉罗·溥仪，他登基时只有 3 岁。1967 年他在北京去世。”

拥入故宫太和殿的团队游客，在导游小姐的便携喇叭声中，听着关于末代皇帝溥仪的解说词。超现实的蝈蝈场景后，电影被拉回到当下，可能是 1987 年，也可能是 2019 年。

《末代皇帝》这部电影，自传《我的前半生》，甚至是以溥仪为名的眼镜品牌，使得溥仪的人生故事，为多数人所熟知。相较之下，明朝的崇祯帝，就连史官都不好评说。南宋的儿皇帝，只是史书中陆秀夫崖山蹈海故事的附属品。

成王败寇，有人渴望成为皇帝，也有人生下来就是皇帝。3 岁的溥仪，当了几年末代皇帝，却从未亲政。父亲载沣摄政后，清朝很快一命呜呼。历经民国、“满洲”，溥仪活到了共和国，得保全善终。卸下皇帝的龙袍，作为人，溥仪的生命，终究是悲剧。他这一生，从紫禁城的囚徒，变成了历史的囚徒。当宫中传来诏令，溥仪的祖母就昏厥过去，醒来大骂：“说是当皇帝，怕不是终身监禁吧？”这类弦外之音，电影里也不少，亦有史载。溥仪年幼，无法忍受繁琐的登基程序，坐立不安吵闹哭，载沣在一旁安慰已经是皇帝的儿子：

“嘘，这就快完了。”

人来到这个世界，并不存在自由的可选项——比如不想当个皇帝。溥仪在懵懂中成为泱泱大国的皇帝，当他想做回一个人，想回他的家，却不可得。

我看过好多版本的《末代皇帝》，中文版的，英文版的，3D修复版的，还有三个半小时加长版的。版本不同，也会引发观感上的差异。中国观众显然更容易投入中文版，时长合适。英文版是原版，主演尊龙就完全是英文台词，听着英文，借助字幕，看中国历史，也会产生微妙的距离感。3D版本可以看见阳光中的尘埃在恢宏又压抑的故宫中舞动，布满影片的各种颜色，层次更见丰富。

步入故宫的游客，瞬间就能感受到颜色的冲击，来自红墙黄瓦汉白玉。四面八方，举目之内，到处只有帝王的色彩、图腾和印记。《末代皇帝》在故宫实拍，数百年的皇家建筑，即便是沉默，也在代替着人物说话。

电影不断闪回过去，古今对照；颜色的对比，冷暖自知。片头溥仪割腕自杀，不断弥漫散开的红色血液，还有那道紧闭的木门——《末代皇帝》进行了第一次时空跳跃，瞬间步入宫中的氤氲，天子的黄袍，是红色主导的皇朝回忆。

成年溥仪陷入尴尬、失落、被挟持的处境时，电影色彩不断发生着变化。离开故宫后，影片常出现暗淡、低饱和度的绿色、蓝色、灰色等冷色，甚至出现了雪的白色。溥仪没有任何辩驳，他低下头，认了所有的罪。

作为观众，不关注闪回与颜色也没有关系。闪回是说故事的技巧，一次次打开记忆之门。色彩是心理的暗示，有的颜色带来安全感，有的颜色意味着危险和拒绝。只要全情投入，比如去感受一个小孩子的天真眼光——他喜欢一切会动的东西——被风撩起的黄色布幔，会唱会跳动的蝈蝈，去想象他和太监们玩游戏、在故宫里面骑自行车、打网球的快乐，待一转身，是紫禁城一瞬间从花园变成荒漠的孤独。小时候，他觉得紫禁城太大，后来他又觉得紫禁城太小了。无论大小，他怎么都出不去。在史实与故事之间，贝托鲁奇选择了故事性——回忆里溥仪起嗓，唱着“Am I Blue”诉心声。跌宕起伏的往事之间，《末代皇帝》不乏感伤与浪漫。

版本不同，不会影响观者对溥仪角色的理解，因为它们是同一部电影，在讲述同一桩悲剧、同一个可怜人。明明这一切，都不是他的错。影片中的审讯员，抓着庄士敦的《紫禁城的黄昏》，扔出手稿，大声训斥溥仪在撒谎。在他们眼里，溥仪的自白书是不诚实的。是否存在一份诚实的自白书？或者只有他们认可的自白才是诚实的？那本《我的前半生》，无疑会引发这样的疑问。光靠两本书和一部电影，显然是没有办法呈现出历史上真实而完整的溥仪的。但《末代皇帝》引发了更多人去关注他。如今有那么多人在讨论这个末代皇帝，贝托鲁奇电影的厥功至伟。

在故宫当皇帝，被日本人当工具，成为共和国的囚犯，一直到被特赦前，溥仪不是一个真正的“人”，他活在“监狱”当中。皇帝这个角色，死死地罩住了他。类似的痛苦的皇帝，历史上有许多。只不过，溥仪刚好是离我们最近的那一个。

梅英东在《东北游记》里写到对溥仪的印象：“整个展览中，他所有的生平照片里，没有一张有笑容。”告别青年时代，《末代皇帝》的溥仪也失去了笑容。唯有结尾处，他注视老朋友般，看着高高在上的龙椅，轻轻咧了咧嘴角。面对“红领巾”的查问，他也不慌张，勉力露出孩童般的笑容。

当溥仪成为皇帝时，他就变成了天子，是绝对的权威，没有了父亲。本质上，他又是离不开奶妈、渴望拥有父亲的孩子。电影中有不少机位角度，都是自上往下，俯拍溥仪的脸部表情特写，分明是正抬头睁大眼、充满好奇的小朋友。他像任何小朋友那样，曾有“十万个为什么”。只可惜，那时数万万国人都在发问，同样感到迷茫。

面对庄士敦，溥仪视对方为老师，是可以信赖的人。在太监与宫女出没的深宫，他最需要的，是一个能回答问题——哪怕只是用故事敷衍，一个能指导人生——哪怕只是陪伴安慰的父亲角色。迟到的庄士敦，一定程度上，扮演了这个角色。庄士敦还教溥仪说英文，让他戴上了眼镜，骑上了自行车。他改变了说话的方式，看清楚了一些东西，体验到了文明的速度感，封闭的紫禁城，空气似乎前所未有的新鲜自由。

只可惜，这些变化，终究没有外面的世界变化快。紫禁城已经是一个没有了观众的剧院。离开了紫禁城，溥仪被嘲弄，被摧毁，被精神阉割，从一个监狱，被带到另外一个监狱。

如今，你去溥仪墓地，会看到一道石碑上写着“爱新觉罗·溥仪”，底下是一串阿拉伯数字，“1906—1967”。这串字符包含了最基本的事实，每一个字都是真的，没有一个字歪曲造假。况且，要跟墓碑去争辩也是困难的。

真的，就好像他什么都没拥有过，有的只是一个名字、一段时间，仅此而已。

再兜转一下，你就会发现，墓碑最终没有放过他。结尾处是这么一段：

（同他的一后一妃合葬）象征着中国漫长的封建制度被埋进了坟墓。从这个意义上说，这里创造了历史！

就好像，这个人没为自己活过，他只为历史而活。

吉卜力吉祥物的故事

《龙猫》

我从未跟人说，自己是吉卜力影迷。但你问一圈周围的人，其实很难找到讨厌宫崎骏动画的家伙。大一结束的暑假，我去中学朋友家小住，引出一段吉卜力风格的经历。

那是一所乡间小学，青山环抱。山对于我，不稀奇。出门抬眼，就是连绵不断的八闽的山。小学校舍，只有同学一家在住。叔叔是校长，阿姨是职工。放暑假的小朋友，带走了喧嚣也带走了热气。走廊与房间，四下空无一人，却灌满树林来的风。

我住了好些天，三餐饭后就聊天。房间里有台式电脑，但没网络，也没有娱乐，连单机版“星际”都没有。好在有个文件夹，存了些动画片。不多的资源，被我一个个看掉。《龙猫》和《天空之城》等吉卜力片子，我就是那时候看的。从周围世界暂时掉线，我闯入宫崎骏的异想世界。那时的我，正式告别了被电视掌管的童年和少年时代。

后来十余年，我都没有重看过《龙猫》。瞥见网上有关《龙猫》是恐怖片的都市传说（吉卜力工作室在2007年已辟谣），我一直疑心，年少时的我，是不是遗漏掉了电影的关键信息。

得益于二十年后中国的修复重映，2018年底，我在电影院银幕上重温了《龙猫》。真是个单纯无比，为孩童想象所充盈、浇筑成长乐土的纯真故事。

《龙猫》上映于1988年，也是日本昭和时代的最后一年。2018年是平成年的最后一年。也就是说，昭和末年的一部动画片，在平成末年的中国电影院重新上映了。这中间，是三十年的光阴。

电影里有经过美化的、昭和三十年左右（宫崎骏成长时期）的田园风貌——山丘状高耸的樟树王，空荡的日式老洋房，关东红色壤土的水稻田，乡间小路上的黄发垂髫，带前杠的脚踏车，连接外面世界的巴士。

如果你认为喜欢《龙猫》和宫崎骏，等同于喜欢上日本原汁原味的社会风貌，那就是个美丽的误会。吉卜力是一家西洋化的公司。它的西化，不在于要立足本土，以对抗迪士尼为己任，不在于仅是取了“Ghibli”这样的工作室名字，也不在于作为外来词，在电影里被小梅喊得乐不可支的“Totoro”。作为二战后成长起来的第一代，宫崎骏从西方奇幻传说里，汲取了大量的灵感养分，就好比龙猫的萌胖外形，就很难在日本妖怪谱系里面，找到对应或接近的原型。怎么看，它都是欧陆的舶来品；更别提吉卜力其实是一家经常组织“老人团”、跑欧洲进行“团建”的洋派公司。

电影的怀旧乡愁气氛，平和美好到无以复加。从务农的邻居，到学校的老师，大家都洋溢和传递着善意，对初来乍到的草壁一家，体贴照顾、无微不至。草壁家的父亲也尽可能地倾听女儿的话语，大小女儿天性乐观，勤做家务，能跑爱笑。唯一让人有一丝忧虑的，是缺席的母亲。她患病住院调理，可就连医院的场景，也是光线充沛、散发着温暖和睦的气息的。

重看的一大感触，是《龙猫》的故事竟如此简单。掐头去尾拿掉歌曲的话，也就 80 分钟。草壁一家搬到村子里，感觉就几天几夜的事情，姐妹俩和周围打成一片，先后看到了躲在树林的龙猫，又在突如其来的情况下，请求了龙猫的帮助。

龙猫的出场顺序，是从会隐身的小龙猫、背袋子的中龙猫到爱睡觉的大龙猫。电影里，毛茸茸的龙猫戏份实际并不多。最后的重头戏，更是交给了应召而来的“猫巴士”，翻山越岭，风驰电掣。

大龙猫爱睡觉的形象，会引发不同的想象归属——世界就是刚醒来的样子，爷爷怀里，或父亲肚子上。趴龙猫肚子上睡觉，咧开嘴吹气，倒有不少逗乐的天真成分。至于“猫巴士”，它总是带着得意的板牙坏笑，目光如炬，并不是想当然地一味“卖萌”。

宫崎骏的想象，有无人空屋的灰尘精灵，还有大树庇护下、以橡果为食的精灵生物，以及连通了家和医院、穿过乡村的“猫巴士”。它们无一例外，是大人所看不见的。据说，《龙猫》原本的文案是“这种奇怪的生物，也许，在日本已经没有了”，但宫崎骏改成了“这种奇怪的生物，也许，在日本还有”。

小孩子能看见龙猫，自然是童心无邪。这种生物，象征与大自然的连接，正因为主人公是小孩子，才能看见大人已经失去的东西。至于日本乡村的原样，并不是《龙猫》电影里的模样，那就如同小津安二郎的都市时装片中的场景，具体于昭和时代，也不曾真实存在过。患病的母亲一角，则来自宫崎骏的个人经历，幸福家庭回忆经过了美化提炼。那座西洋阁楼风格的小屋，承载了世界各地观众的情感想象。

《龙猫》中的恐惧，源于小孩子对黑暗的想象——无人空屋、林中深处和天黑落雨。童年在乡下成长，容易触发置身黑暗的恐惧感受。黑暗又引发孤独，使人渴望灯光、温暖、家庭与人群的环抱围绕。

一味纠结于结尾的玉米真假，必然会忽略电影所包含的童话奇想色彩。《龙猫》不是一个以真实逻辑为线索的成长故事，它完全可以只来自童书，又不止于想象。

重看之际，我也想起了侯孝贤的儿童片《冬冬的假期》。许多人可能觉得它故事简单，光阴流水，进而认为吉卜力的“吉祥物电影”，不过尔尔。但是，简单的故事，揣摩儿童的心思，其实更不容易。

常年以贩卖“吉卜力黑话”为副业的押井守，盛赞宫崎骏的作画能力，却坚称老先生的剧本，没有结构和整体性可言、人物动机经常让人摸不着头脑。他最推崇的作品，是《龙猫》的番外篇——只在三鹰之森吉卜力美术馆放映的短片《梅与小猫巴士》。

为什么呢？

押井守直言，孩子们就想看龙猫和猫巴士，那才是宫崎骏拍给孩子看的礼物。至于《龙猫》，不过是拍给他想象中的、并不存在的电影中的孩子——成为大人模样的你我他看的。要知道，就连七十多岁的黑泽明看完《龙猫》也会想，坐上猫巴士究竟是一种怎样的体验。

音乐最光荣

《列宁格勒牛仔征美记》

日本人与芬兰人

写过《挪威的森林》，一直没得到瑞典文学院垂青的人，最爱的电影导演，是一个芬兰人。

这是村上春树和他的导演“爱豆”，阿基·考里斯马基。

与川端康成、三岛由纪夫这批日本作家相比，无论文字的美感，还是向往的精神世界，村上春树吸引读者的，并不是其日本性，而是他感受性的文字和西化的生活方式。文学世界的村上如此，现实中，他马拉松跑遍全世界，痴迷爵士乐，喜欢红酒啤酒威士忌，在希腊岛屿上写作，甚至专门跑去芬兰“精神朝圣”，探访考里斯马基和西贝柳斯。

村上称，说起芬兰，他首先会想起来的，是考里斯马基的电影。我找来他写的游记，迅速翻到芬兰那章。村上去考里斯马基开设的酒吧“莫斯科咖啡馆”（Kafe Moskova），不知何故，他待了四十分钟，吧台酒保都不在。传说中的“冷服务，温啤酒”，变成了“零服务，没啤酒”。幽暗的霓虹灯管，马蒂·佩龙帕的遗照，还有两名喝着啤酒的顾客，提示着这里是考里斯马基世界的一部分。

村上没有见上考里斯马基。关于电影的评价，“阿基·考里斯马基的电影我一部不落全都看过”，全书就这么一句。或许，这已经是一个文学大家对电影人的最高赞美（村上春树比考里斯马基年长八岁）。

书中也提到赫尔辛基阴雨不停，这倒符合我对考里斯马基电影的印象。它的辨识度，不在提起芬兰时，刻板印象中的千湖之国、冰天雪地和圣诞老人，而更接近时常被拿出来调侃的芬兰人等巴士时，人人保持一米五开外间距的景象。眼见的距离，产生了另外一种冷感，是害羞性格所造成的。

单拿一帧电影画面出来，芬兰的考里斯马基和瑞典的罗伊·安德森，也是天然不同的。考里斯马基喜欢卡夫卡，深受布列松、戈达尔和小津安二郎等影响。战后的小津，并没有受到电影后辈的欢迎。在年轻人看来，他的影片精英意识太强烈，显得过于洋气、精致，脱离底层民众。几十年后，小津在西方大受欢迎，转而引起日本的重新审视。那是另一回事了。或许，这是“距离产生美”的另一种版本。不是物理距离，而是时间距离。

日本电影《海鸥食堂》，分享了一个相当冷门的地理知识，原来坐飞机启程，离日本最近的欧洲国家首都，是芬兰的赫尔辛基。可能对着一张世界地图，你也想不太明白。如果搬来一个地球仪，看到世界是圆的，你就信了，原来日本和芬兰可以有这层亲缘。

《海鸥食堂》有考里斯马基的御用男演员马库·佩尔托拉。我尝试把考里斯马基的电影，分为有马库·佩尔托拉、知名度较高的后期作品，以及有马蒂·佩龙帕的前期作品。电影本来就是这样，人们关注离我们时代较近的新片，冷落不好找到的老片，以至于忘记它们是怎么拍出来的。考里斯马基重情重义，他把马蒂·佩龙帕的挂像，以醒目方式，放在了《没有过去的男人》中的酒吧墙上。

这个活在往日时光的北欧男人，他的电影，冷峻，寡言。立足底层，不悲不喜。他喜欢流浪汉、无产阶级和劳动者。那个世界时常有暴力，倒霉的往往是主角。电影里有狗，有啤酒，有乐队——现实中，考里斯马基有自己的乐队，有自己的酒吧、酒店，有自己的电影院、电影公司，当然，也有自己的狗。

考里斯马基电影的辨识度，还体现在片长上。它们往往不超过一百分钟，多数在七十多分钟。考里斯马基的解释是，作为一杆老烟枪，他太清楚在电影院犯烟瘾的感受。

如今，考里斯马基宣布不拍电影了，据说是去圆他早年的作家梦了，但愿村上春树能分给他一些好运。

用音乐握手

《列宁格勒牛仔征美记》就算在考里斯马基作品列表里，也堪称一部怪电影。怪到电影开始没多久，乐队就在美国碰钉子（准确说是从头到尾碰钉子），被打发去墨西哥当婚礼伴奏了。电影讲的就是一行人挤进一辆车一路往南穿越美国的无厘头故事——我全程在怀疑那车是怎么装得下九个人，后来是十个人，然后又是十一个人的。这当然不是剧透，这部电影与情节无关，关键在于音乐。因为头和脚，需要一颗音乐的心，才能握手。

喜欢的导演拍起音乐片，各有法宝。像文德斯的《乐满哈瓦那》，音乐无限自由；库斯图里卡的《巴尔干朋克》，假装幸福狂欢；法提赫·阿金的《仙乐飘飘欧亚桥》，意在融合；科恩兄弟的《醉乡民谣》，志在个人。大致说来，只要曲子、歌手和音乐家出色，那么在电影史留下姓名的概率就很大。

考里斯马基很喜欢一拍即合，男人和男人、男人和女人，对上眼了，就是故事。《列宁格勒牛仔征美记》怪人怪相怪有趣，它的内核，即是摇滚公路片。一通 MV 串烧，当世独有的视觉造型——夸张的飞机头，能戳破轮胎的尖头皮鞋，整齐着装，大墨镜。当一个事物不符合常规时，它就会变得好笑。列宁格勒牛仔的拉风造型，不合常规到超乎想象。他们依然是考里斯马基作品的角色，不苟言笑，面无表情弹奏音乐。一头栽倒，或者头脚倒置，依然可以发型不倒，皮鞋不软。

摇滚乐用强劲的打击，唤醒了年轻人的青春激情。考里斯马基用飞机头和皮鞋尖，去冲撞好莱坞和美国人的品位。列宁格勒牛仔是一群与土豆、拖拉机为伴的乡巴佬，电影里也充斥着对他们出身之处的自嘲。但这群与音乐为伴的年轻人，貌似叛逆，却并不伤人，也不会让人害怕。

彻夜练琴的吉他手，半夜被冻得浑身硬邦邦的。长者发话出钱，让乐队带上他，去美国见世面。像西部片《姜戈》那样，一群人拖着一口棺材，出发了。你无法将现实逻辑套用在这部电影上，正如穿过森林就是国际机场；学英语的速成大法，令他们能演唱英文歌曲；还有塞满冰块的棺材，制冷效果堪比冰箱。考里斯马基一直留着那口棺材，可能只是为了制造冰镇啤酒。《天堂陌影》里，准备创业、大展宏图的老工友，倒在垃圾车底下。

《升空号》更有绝妙一幕，它把凯迪拉克敞篷车比作了棺材。

马蒂·佩龙帕饰演的独裁霸道的黑心经纪人，垄断着乐队业务和金钱收入。他从餐厅出来，打包了半份牛排。你以为考里斯马基要制造“半个小土豆”的玩笑，结果他径直从乐队八人面前走过——享用牛排的，是蹲在地上的一只小狗。这一幕，就有幽默和讽刺的多重意思。光有两三个人也不够好笑，八个人的乐队成员数量，强化了笑意。

经纪人为什么要这么做？没有为什么，只与他们从列宁格勒和农场来有关。如同要解释考里斯马基对无产者的偏爱，恐怕与政治立场无关（无产者是没有国家的），而只与他的社会经历，还与芬兰地缘有关。常言说，邻居会搬家，邻国则不会。

有温度的音乐，加上冰凉的啤酒

“只要有车、男人、女人和摄影机，就能拍一出戏。”晚期的阿巴斯把戈达尔这套理念发挥到极致。考里斯马基也是极简风格的信徒，《列宁格勒牛仔征美记》没有女性角色。吉他贝斯手风琴，大号架鼓萨克斯，就是心爱的姑娘，你在车上看不见她们。需要诉衷肠时，乐队小伙总能翻出随身携带的女人照片。

片中有震慑哈雷族的 *Born to Wild*，也有如诉心声的 *Ballad of*

Leningrad Cowboys，我最喜欢的一首，是 *Chasing the Light*，调皮歌词下，是滑稽的舞台表演，如鱼得水。

音乐是《列宁格勒牛仔征美记》主打，考里斯马基还单独给啤酒开辟了一个章节。经纪人豪饮了几百罐百威，冰镇的那种；也有人会发现几个汉字：青岛啤酒。

回顾历史，啤酒是被流放到神圣罗马帝国疆域以外的饮品。这刚好能解释，为何在法国、西班牙、意大利，冒着泡沫的啤酒似乎难登大雅之堂，日耳曼人和盎格鲁撒克逊人等北方蛮族，却把这种酒水发扬光大。

考里斯马基电影里，类似芬兰本土的 Koff 啤酒，也频繁出现。搞笑的是，多数乐队成员都没能在美国喝上啤酒。正如在肉与洋葱之间，他们往往只能啃食后者。如果回应王尔德对空想社会主义的美好想象，列宁格勒牛仔刚好来自一个到处都是艺术家的地方，但是，他们没饭吃。空罐头般洒落的有关苏联的笑话，还有在不同酒吧的表演，都像一场场小的革命。考里斯马基也保留了自己的笑话：没饭吃、没酒喝，但烟还是有得抽。

到了墨西哥人的地盘，满桌就全是科罗娜。列宁格勒牛仔终于收获了他们的听众。考里斯马基用一个仙人掌下的水龙头，结束了全片。没有柠檬片，没有盐巴，只有一杯适合饮啜的龙舌兰酒——这是墨西哥式的道别。

经纪人像只灰色的老猫，在夜色中消失。至于列宁格勒牛仔为何能在墨西哥打榜成功，没人可以解释——就像《升空号》为什么要去墨西哥，《天堂陌影》要去爱沙尼亚的塔林。抱怨生活、沮丧、“惨”，并不是考里斯马基的专利。他的真善美，在于希望人生可以像音乐那样摇滚起来，或者在一败涂地被打倒之前，选择一种摇滚的活法。

我搭过一趟神奇的轮渡。那艘大船，往返于瑞典的赫尔辛堡和丹麦的赫尔辛格之间。瑞典的老酒鬼，喜欢在船上泡一整天，好在免税店开张时（瑞典酒精税奇高），痛快喝个够。芬兰同样对酒精课重税，不少芬兰人只能搭轮渡，去塔林买酒。没看《天堂陌影》等电影之前，我就计划过从赫尔辛基到塔林的轮渡之旅。如此一来，我与考里斯马基的电影良缘，又多了许多个年头。如果要在轮渡上，循环滚动播放电影，我一定选择考里斯马基。

厌倦了扮演自己

《特写》

“特写”是个电影名词。一部电影里，你会看到特写镜头与近景、中景、全景或者长镜头的组合运用。如今，有人批评说，商业片充斥着各式各样的特写或大特写，一系列操作猛如虎的正反打剪切，摄像机恨不得直接推到演员的汗毛上，真是个“卖脸”的时代。

电影

特写在阿巴斯·基亚罗斯塔米这部《特写》里，特指中段的法庭现场。阿巴斯跟萨布奇安解释，他安排了两台摄影机，一台是要拍他的特写镜头，一台是拍法庭的全景。他除了在程序上征询萨布奇安的同意，还问他“你知道特写镜头不”。

特写镜头在此处被强调，显然也是在暗示观众。接下来萨布奇安的面孔，他脸部的细微表情变化，他说话时的眼神和语气，他申辩吐出的每一个字，都将是这部关于真假的电影的重头戏。

换言之，不论是法官、原告一家人，还是导演阿巴斯本人，以及充当陪审团角色、正在看电影的观众，我们所有人都要通过特写镜头，去自行决定，是否愿意相信萨布奇安的话语。

阿巴斯通过一系列手法，让观众相信眼前的法庭是真实场景。故意穿帮的收音筒，探出在画面上方。他带着剧组，征求法官和当事人同意，进行着同步拍摄。这还是一部根据真实事件改编的电影——光是这串字眼，你很容易联想到那批等着被改编成电影的真实事件的深度报道，或是中国影坛如火如荼的非虚构创作热潮。

我直到看到阿巴斯本人跑了出来，才慢慢知道，这部电影不仅比虚构电影看起来真实，还比一般标榜真实性的电影，更具真实感。片中所有角色，在现实中都是同样的身份。他们既是非职业演员，又是当事人。法官就是法官，被骗的阿汗卡赫一家，真就是那一家子人。

实际拍摄中，《特写》在法庭上使用了三台机器。结果一台坏了，一台噪声很大。阿巴斯只在开庭现场，拍下了法官和法庭的全景镜头。现实中的法官——他真的很忙，显然不可能配合剧组再审一次。阿巴斯只能留下了嫌疑人萨布奇安，继续拍他的"特写部分"，耗费九个小时——正如观众在电影里看到的。法庭是真实的法庭，但审判场景却不是真实的审判。阿巴斯骗了所有观众。现在你知道了这一切。没关系，你还是愿意相信这部电影，会在结尾被击中，被感动。

玩笑

《特写》和它的重头戏，已经在电影史上留名。就连出片名之前的部分，我亦看得津津有味。

电影以出租车内的对话展开，激起观众好奇心——居然有人假扮伊朗知名电影导演穆莫森·玛克玛尔巴夫，真是光天化日，堂而皇之。

玛克玛尔巴夫，伊朗有名的电影导演家族。玛克玛尔巴夫本人还来中国开过电影大师班，他女儿莎米拉·玛克玛尔巴夫，也是国际上有名的伊朗女导演。

记者和司机对话过程中，同步发生的是问路打听（阿巴斯作品的常见桥段）。记者要赶大新闻，但司机不知道确切地址。

地方到了，司机迫不及待地跑进了屋。这时，有趣的事情发生了。阿巴斯的镜头，并没有跟进去。类型片或者好莱坞电影在这里，就应该长驱直入了。关于这个刚刚开了个头的故事，观众迫切想要了解：那个骗子是什么样子，他还干了什么胆大包天、“大变活人”的事。

可阿巴斯的镜头，就是不跟进去，它也没有任何切换，和车子一样，停在了住宅区外面。看起来，似乎这个时候，观众还不是观众。阿巴斯就像要照顾那些迟到入场的观众一样——错过了开头，也没有关系。

紧接着，司机开始了与两位士兵的交谈。在此之前，他们一直在后排默默坐着，不吭声。

“你从哪里来？入伍多久？结婚了吗？孩子多大？”

“伊斯法罕。结了。有个男孩。”

“伊拉姆附近。入伍一年多。还没有。”

稀松平常的闲谈，完全不顾观众的好奇心，将刚才的假冒导演先丢一边去了。

我也是事后才惊觉，绝不是波斯人闲来无事，而是作为一名观众、一个陌生人，你会对银幕上某个人的故事好奇吗？就像对假扮玛克玛尔巴夫的萨布奇安，是否有好奇心？而显然，报章媒体对他的真实动机兴趣并不是很大。他们在意的，是他假扮的那个人，而不是他本人。

两个士兵也进门去了。一个还配着长枪，危险感骤增。

阿巴斯依然不紧不慢，让司机在一堆落叶堆前逗留。他抽抽烟、看看天，在落叶里拾起了几朵好看的、色泽娇艳的蔷薇。

一个有点碍眼、已经空了的绿色喷雾罐头，混在了黄叶堆里。司机轻轻踢了一脚。那罐头就顺着下坡路慢慢滚动，往下滑出去好远。电影镜头好像走了神，居然一直看着那个罐头，不管司机、士兵，也不管记者和那个冒牌导演了，就这样漫无目的地拍了许久。

看到这里，你肯定也会跟我一样想：怎么回事，里面到底发生了什么？导演是在逗我们吗？

又过了一会儿，骗子被铐了出来，抢了大新闻的记者，连拍带跑的，继续拍打邻人房门。“有没有便携式收录机?”他需要录音，继续跟他的大新闻去了。

欣喜若狂的他，往下坡道小跑，还给那个抢戏的喷雾罐头，补上了一脚。

罐头滚得更远了一些，快要消失在画面和道路的尽头。

黑幕。打出电影片名“特写”。

《特写》这部电影在国际上逐渐走俏、收获热议以后，许多影评人、专家学者，都对喷雾罐头给出了解释。有人说，那就像被铐走的萨布奇安。但阿巴斯说，他只是觉得德黑兰的秋天特别美，空气清澈通透，他忍不住想拍些马路边的秋色。

我相信阿巴斯的话。看着电影开头，我想起北京的秋天。三里屯东五街、东六街的使馆区，墙上爬着藤蔓，已有渐变色。天上有飞机云，就像什么东西正在远去。只有使馆的警卫不太一样，他们沉默，却不像电影里，友好可寒暄。

越滚越远的喷雾罐头，它不在车底，不在车里，就只是刚好“愣”在那里。如果看过阿巴斯的短片《面包与小巷》，司机的前一脚，记者那后一脚，都更像孩童玩笑，神奇一幕，纯属游戏之作。

赞美

神奇的事情，接连不断。骗子萨布奇安进去了，导演阿巴斯本人却跑出来了。他对这件事很感兴趣，他想去拍摄、采访嫌疑人，想请法官通融通融。

开始我其实曾怀疑是有人在扮演阿巴斯——像《生生长流》那样。后来发现，那就是阿巴斯本人。到看完电影，才知道原来所有人都在扮演自己。这确实是“玛克玛尔巴夫事件”的再现。

被打乱、编排过的事件经过，补拍的法庭特写，它们显然都是假的部分，观众却信以为真。忙碌的法官在法庭现场是放松状态。那仿佛是在暗示：这个嫌疑人有点意思，这群拍电影的人不知道搞什么名堂，更有意思。

《特写》里，萨布奇安既是自己又是演员。他爱电影，喜欢《骑自行车的人》，看过阿巴斯的《旅客》，是个狂热影迷。无论他是虚拟的角色，还是真实的人物，这个人的情感都是真实的。以此类推，当他遇见知道玛克玛尔巴夫的老太太，同样喜爱电影的阿汗卡赫家两位公子，人物之间产生联系也是成立的。当这种情感具有现实性，观众就会相信故事是真实可能发生的。

这就是电影的魔力。

更何况作为电影史名片，《特写》亦展示了更加不可言语的神谕。当阿巴斯还原出整个案件经过，真假玛克玛尔巴夫同行共骑，连萨布奇安信口开河描述出来的电影美梦也成真了。阿汗卡赫一家人，确实参与了电影拍摄。不是玛克玛尔巴夫的，而是阿巴斯的。世事如梦如真，亦不知是真是梦。电影更是如此。

厌倦了扮演自己的穷人，跌进了电影的迷梦。他是影迷，骗子，还是嫌疑人？

他，不过是一个穷人。现实中什么都没有，而电影里，什么都有。他被尊重，被热情招待，阿汗卡赫一家人都信任他。

电影结尾，两个玛克玛尔巴夫骑上摩托，画外音，也就是剧组的人说，录音设备坏了。现实情况是，被要求消掉这段录音时，录音师气炸了，认为阿巴斯太乱来。阿巴斯的想法是，不能在这个时候，让真的玛克玛尔巴夫喧宾夺主。此时无论他说什么，观众都会把他的话当作正确答案。但《特写》是属于萨布奇安的，是要赞美小人物的。

萨布奇安去买一盆花，玛克玛尔巴夫说不要黄色的。真假玛克玛尔巴夫带着红色的花，共乘一辆摩托，踏上了电影开头的那条路。

花、录音设备、通往阿汗卡赫家的路——《特写》的尾声部分，居然和开头的几处闲笔，产生了神奇的呼应。那段优美、饱含情感、令人眼眶湿润的配乐，来自阿巴斯的《旅客》。这部作品讲述马拉耶尔的一名问题少年，梦想去德黑兰看一场足球赛，岂料球赛开场之际，居然因为疲惫，在草地上昏昏睡去的故事。阿巴斯借来自己的配乐，诉说着有比梦想成真还要打动人的力量。那就是电影这项艺术的力量。

到最后，我们在定格画面上，记住了这部质朴的电影，还有阿汗卡赫的羞涩笑容。

阿巴斯曾直接向萨布奇安发问，到底喜欢当演员，还是假扮导演。这是一个如何凝视真实的问题。他和他的电影就这个问题不断发问。其实呢，答案不过是萨巴奇安厌倦了扮演自己。

《特写》就是在一个关于电影的谎言（不妨叫它萨巴奇安谎言），使用了电影术的谎言（阿巴斯谎言）。结果呢，谎言之上的谎言，双重的电影谎言，居然产生前所未有的真实感。萨巴奇安的电影谎言是情绪性思维，而阿巴斯的电影谎言是逻辑性思维。它们交织在一起，谎言包裹了真实，真实又逾越了谎言。如果有人问你，电影是什么。你可以说，去看《特写》。

相比当年淘碟时代如雷贯耳的金棕榈获奖片《樱桃的滋味》，我多希望年少的我看的第一部阿巴斯电影是《特写》。那样的话，我会比现在更爱阿巴斯。至少，多出三倍吧。

意大利导演南尼·莫莱蒂也拍了个短片，叫《〈特写〉首映日》。描述了《特写》上映时，他作为阿巴斯的粉丝、电影策展人和影院经理的兴奋难耐，还带有隐隐的自嘲。不知道是不是这次膜拜，换来了戛纳好运气。四年后，他跟阿巴斯一样，摘得戛纳金棕榈奖。

阿巴斯也接受了人们对他的赞美。他曾被介绍给某人，“这是《特写》的导演”。对方不在电影行业，顺口回复道：“我不觉得那部电影有导演。”

阿巴斯说，这就是赞美。

黄金时代电影的遗孀

《南特的雅克·德米》

瓦尔达走了。

早些年，戛纳、柏林、奥斯卡等先后颁发终身成就奖，表彰她对电影这门艺术的贡献。让更多人记忆犹新的，是以瓦尔达为致敬主题的戛纳国际电影节的那张金黄色海报。它作为加急方案，替换掉了原定的阿兰·德龙海报。怀旧氛围的色调中，高台人字梯上的瓦尔达，踩在工作人员身上，执掌着摄影机，年轻气盛。

看看瓦尔达的作品

许多人都在怀念瓦尔达。

马丁·斯科塞斯留下这么一句话：所有的年轻电影工作者，

你们都应该看看瓦尔达的作品。

斯科塞斯称得上导演中的导演。他特别强调电影工作者，那意味着在拍电影这件事上，瓦尔达能给年轻人更多的启发——如果还不明白我在说什么，看看瓦尔达跟JR（让·热内）合作的《脸庞，村庄》就知道了。

我曾暗自琢磨，是什么阻碍了更多观众爱上瓦尔达的作品。是她拍摄的电影以纪录片为主？或是她常做剧情与纪录的混合实验，乃至于她的艺术生命太长，导致很难用一种风格流派去定义她？最后我发现，阻止一些人与瓦尔达亲密接触的，恰恰就是“电影”本身。

瓦尔达会通过各种发问，告诉我们电影是什么，创作有多美好。比如《脸庞，村庄》就是一次关于创作的分享，随心所欲之至。当你看过一部瓦尔达电影，你就可以找到她自己的讲解，就像她为《阿涅斯的海滩》《阿涅斯论瓦尔达》所做的。我更愿意接受一种说法，相比电影导演，瓦尔达更像一名用电影写作的艺术家。她自认是个少数派，也是电影的边缘人（相对于主流电影和主流艺术电影）。但她强调，哪怕她的作品只能吸引少数观众和电影爱好者，她也已经感到很幸福。这是乐观的瓦尔达。

她也很感性。《脸庞，村庄》结尾，当戈达尔用“戈达尔的方式”闭门不见瓦尔达，去破坏电影的叙事结构时，瓦尔达落泪了。

“我很爱你，但你还是个大混蛋。”

这段因《五至七时的克莱奥》开始的新浪潮友谊（戈达尔在片中片摘下过墨镜），好朋友之间以这样的跳切方式谢客，不免叫人欷歔——毕竟雅克·德米能拍摄《罗拉》也是多亏了戈达尔的帮助。多希望电影里瓦尔达哭的画面是假的。

想起曾在书上看到的一段话，大意是：一个人热爱生活，拥有丰沛感情，她并不只会感受到幸福快乐。相反地，悲伤和痛苦的强度也会比别人多一倍，也更容易受伤。

永远活蹦乱跳、有满脑子奇思妙想、像是从宫崎骏二次元世界跑出来的瓦尔达，她既是电影导演，也是情感丰富的一个人。

瓦尔达愿意在任何时候谈起雅克·德米，诉说她对爱人的无尽思念。她拍了一系列怀念和追忆德米的电影——《南特的雅克·德米》《洛城少女二十五岁》《雅克·德米的电影世界》《阿涅斯的海滩》……念兹在兹。她不仅是雅克·德米的发妻，更像是电影的遗孀。

我看到了自己。

看到时间的河流上，

流淌着我们将共度的余生。

多年的时光都在那儿，

还有那些，

未曾与你相识，

为了与你相识的日子。

从1930年到1960年再到1990年，瓦尔达与德米的故事，就像一出人生的三幕剧，分别是："遇到德米之前""瓦尔达与德米""瓦尔达思念德米"。每一幕，每一段人生，刚好都是30年左右的时间。其中，1960年，法国电影新浪潮正当时。1990年，瓦尔达拍摄了《南特的雅克·德米》。电影所讲述的，正是瓦尔达未曾与德米相识，她没能参与的那部分回忆。

爱与战争的日日夜夜

此前，虽有客串合作或者探班走访，同为导演的瓦尔达和德米不曾合作。创作道路上，这对闻名世界影坛的夫妻档，互不干扰。

人生最后几年，德米迷上了绘画，并在纸上写下许多童年回忆。瓦尔达读过文字，觉得很好。她问爱人："为什么不拍成电影呢？”

德米笑了笑，说：“可以，你来拍吧。”

那是1990年。瓦尔达突然意识到，原来身体抱恙的德米，已经预感到自己时日无多。

瓦尔达迅速行动了起来。电影回到法国南特取景，8月1号开拍，10月17号杀青。十天之后，即1990年10月28号，雅克·德米去世。瓦尔达在剪辑台上，看着德米的面容，泪流满面，却仍坚持编辑素材，完成后期制作。

《南特的雅克·德米》是雅克·德米的当年事，也是发生在南特的“阿玛柯德”（费里尼的经典自传片）。片中出现了四个德米，分别是6岁到10岁的童年德米，10岁到14岁的少年德米，14岁到18岁的青年德米，以及现实中在家里静坐、在海滩上休憩、带着标志性温暖微笑的老年德米。银幕上的三个少年郎，长得标致漂亮，可见瓦尔达用意之深。

瓦尔达没有通过字幕提示或其他特殊手法，来标记德米的成长。小德米在乡下收到妈妈寄来的信，里面有一枚徽章，他别在贝雷帽上。下一幕，他就长大了，变成了翩翩少年。结构比重上，德米的童年与少年部分差不多，青年部分来得短暂。与此同时，《南特的雅克·德米》也是仪式感很重的电影，电影开头就是谢幕。留在座位上的小德米不想走，他嚷嚷着，木偶戏还有下一幕。瓦尔达先把电影的演职员字幕表滚动完毕，才进入下一幕，也就是德米自己的故事。

德米电影里的人物，无论男女都用情很深，台词经常是唱出来的。他说，南特这座海滨城市有着深情的特质，人们情感充沛，充满活力。这种特质投射在《南特的雅克·德米》里，就是德米一家人的写照。父亲，母亲，修车行的跛脚叔叔，还有小德米自己，大家都爱唱歌。城中街巷，仙乐飘飘，哼唱小曲的法国人浪漫不断，就连萨克斯风吹奏的，都是肖邦。

德米认为音乐是一种语言，是他的语言。他用尽一生，去拍摄歌舞片，主打通俗音乐剧，并成为这个类型片领域的佼佼者，闯荡过好莱坞。《南特的雅克·德米》虽也歌声不断，但瓦尔达选择的语言，是电影。

南特的小男孩德米，喜欢看木偶戏，迷恋童话，跟着大人看杂技和歌剧表演。他成天做着白日梦，自制起人偶，借来纸板，一番裁剪搭出小小戏台。小伙伴和家人们，就是他的第一批观众。他从聆听别人的故事，慢慢变为讲述自己的故事——如同许多人爱上电影的开始。

童年时，总有那么一些事情，是不在预先设想好的轨道上发生的。人们名之曰成长。理性总会告诉我们，要重视事物之间的差异，但感性和想象力却推崇事物之间的相似性。就像孩子们抓着并无生命的东西，同它们说话，仿佛它们是活生生的人。这是超越了感性和理性的冲动直觉，是本能。

爱情的萌发，战争的到来，1943 年的轰炸空袭，卢瓦尔河畔的降落伞，还有被送到乡下姑父家寄养的经历，都让小德米产生了讲述故事、制作电影的冲动。即便他还在小学教室听课，即便他连电影原理都还弄不清楚。电影由此发生。

木偶戏之后，电影接管了德米的青少年时期。一般人的童年梦想，只要能混进戏院，看那电光幻影，已是天大好事。德米觉得光看不够。当母亲在研磨胡椒粉时，他操作起手动放映机。那是一台老古董，百代的电影放映机。德米找到了老胶片，把卓别林的短片看得滚瓜烂熟，突然开窍。他把胶片泡在热水里，洗掉了胶片上的明胶感光涂层。再用钢笔，往上一格一格，手绘出画面和字样。一架飞机，一个降落伞，一组机群，还有南特的桥。德米用不到半分钟的手绘动画纪录片，讲述了印象中的南特大轰炸。

少年德米穿过波梦蕾走廊的电影院，看德莱叶、布列松、雷诺阿、奥菲尔斯和梅尔维尔。他想拍电影，一个人完成的那种。他根本不在意手工和业余带来的粗糙感，因为，那是属于他自己的电影。

德米买到一台二手摄像机，开始拍摄故事片。他背下一堆电影专业名词，无师自通，学会了导演该做的那些事：编故事，现场给演员说戏，讲走位。那是一个小女孩的故事，她被吉卜赛人拐去卖艺表演。德米当时都不会设置光圈，冲洗出来是一片空白，胶片报废。这些废片因为《南特的雅克·德米》的拍摄，得以还原重生。

少年德米长成了青年德米。他在电影梦里越陷越深，难以自拔。

讨厌学校、对职业学校不感兴趣的德米，把更多时间精力投入摄影机。他变得安静，不爱说话，没事就把自己关在阁楼上，动手研究电影制作。他有了摄影棚和工作室——一间阁楼，他制作着一部名为《芭蕾舞女》的定格动画。

当电影摄制组回到德米的南特老家（电影里的修车行，就是德米一家曾真实生活过的房子），他们竟在阁楼上的杂物堆中，找到了少年德米留下的胶片。

德米还制作了一个滑梯，用来拍摄运动镜头。电影只讲了一半的故事，是那位会劈叉一字马的芭蕾舞少女，她引出了德米一生的电影情结。他的动画短片，正是《芭蕾舞女》。他曾尝试请她来当自己的女主角，对方不以为然。成名作《罗拉》，讲述这位少女长大成人，未婚先孕。后来德米的许多部电影中，这个女性角色不断出现。原来童年经历，南特的人和事，竟有如此多的闪光重现。原来那个阁楼，永久封存了德米的纯真、希望和安全感。

把名字写在沙上

德米看着电影，我们看着瓦尔达拍摄的关于德米的电影。倘若无视电影的形式存在，《南特的雅克·德米》会变成零碎、闪光、抒情短句模样的记忆片段。但即便如此，那些人生琐碎也令我感触不已。

“每当我写过去分词，我就回想起那间小学教室，还有卢瓦尔河畔的降落伞。”

打断了课堂的飞机轰鸣和枪炮声，是童年的天降神奇。

还有能用来做许多事情的纸板箱子，藏得进小朋友，装满了奇思妙想；和小伙伴跑上楼梯，偷偷摸摸地做过家家游戏；怕黑、不敢上卫生间的弟弟……在瓦尔达拍的德米的回忆中，我也不时看到自己的童年时光中不可名状的吉光片羽。

德米迷恋南特的波梦蕾走廊，那些台阶、转角和雕像。瓦尔达则迷恋车行的那面外墙，布满光阴留下的斑驳，仿佛是墙的呢喃——少年德米在这一幕之后，变成了烦恼和愤怒的电影青年。

纳博科夫说，探查自己的童年，是仅次于探查自身不朽的第二大乐事。《南特的雅克·德米》是一份私藏的回忆，它本只是属于德米一个人的“南特印象”。当德米离开这座城，电影戛然而止。木偶，木鞋，电影胶片，芭蕾女孩……它们本该是电影学者、影评人去探索的秘密花园。瓦尔达则不希望别人贸然打扰，她完成《南特的雅克·德米》，成为看护这座花园的女主人。

对瓦尔达而言，《南特的雅克·德米》就是一次关于特写的终极诠释。镜头对准德米，不断靠近，深入他的人生。片中拍摄了许多德米的大特写，近到与皮肤共生相连，一起呼吸起伏。他的眼睛，他的瞳孔。他的白发，他的皱纹。他的脸颊和胡须楂子，他手上的戒指，老年斑，还有花色毛衣，在镜头下袒露无遗。

德米抗拒这么近的镜头。瓦尔达却说，这是我的电影。

特写是走进一个人的亲密语言。瓦尔达尝试用这种镜头，温柔爱抚海边的德米；那漏下的指间沙，是散落于南特的童年往事。德米用手制作道具模型，搬弄胶片摄影机。他的手成为标志，提示着故事前进或跳跃。

片中有个剪切手法，是用向左走和向右走的指示牌（指示牌也是德米晚年摄影爱好的主题），提示观众一边是德米的童年拾趣，另一边是德米的电影作品。

还有黑白与彩色画面的频繁切换。由于引用的德米电影中存在黑白和彩色的变化（原片如此，无法调整），瓦尔达并非随意而为，那些彩色画面可以看作德米童年的华彩时刻，激发了他的创作欲望。当德米去寻找意中人当女主角时，画面是彩色的。下一秒，画面变成了黑白。他被拒绝了。

我们不能白头到老

瓦尔达反复在《南特的雅克·德米》里探讨电影是什么，电影对这个南特的小男孩意味着什么。

德米通过电影，不断重现童年的闪光记忆。电影帮助德米，实现了自我价值，享誉世界。

瓦尔达一再通过电影，诉说对德米的爱意。只有电影这一载体，才能将童年封存保真，永恒不朽。德米没有拍出深藏个人回忆的自传体电影，瓦尔达完成了它。

电影开头，瓦尔达读诗。电影结尾，瓦尔达哼着歌。她和她的摄影机，仿佛在寻找什么——也许是沙子、贝壳或海草。镜头靠得太近，观众看得并不清楚。只有海水冲刷着沙滩，泡沫波纹，时有时无。忽然之间，我们看到了海边的雅克·德米。他笑了笑，像往常那样腼腆，把注视爱人的目光，投向了远处。

原来奔赴电影梦想又匆匆作别的结尾，瓦尔达在那一刻想说的：这就是告别。人生一世，就是把名字写在沙上，写在那片南特的海滩（《阿涅斯论瓦尔达》结束于诺曼底的海滩上）。

德米在结尾有段自述："第二年10月，我便去了巴黎。"讲到自己梦想成真的那一刻，年老的德米露出腼腆一笑，不禁哼起了歌儿。

他继续说着："我在电影学院学习，后来失业。我遇到一位女导演，拍了电影，也生了孩子。现在在画画。"

瓦尔达本人没有在《南特的雅克·德米》这部电影里出现。

与她有关的，只是这么一句话："我遇到一位女导演，拍了电影，也生了孩子。"

德米说，"我爱你"这样的台词，唱出来的话，显然比说出来要好听。他找到了电影，电影让他找到了爱人。瓦尔达用一部电影，没有露面，没有煽情。每一帧画面，都在心底默念"我爱你"。

情如物证，电影在此。

马德里一棵树

《榅桲树阳光》

当我跟你说，有一部纪录片，讲一个画家，画家画一棵树；他画了几个月，你要看上两个多小时；你一定会觉得，这过程是“大火焚煎”，最后多半索然无味。

我继续说，有一部电影，二十年前就在影迷中口口相传。那导演只拍过三部长片，却部部惊艳。老资历的那批影迷，应该都记得有套合集碟，叫《十分钟年华老去》，里面有部黑白短片《生命线》，影像感超群。

这位名叫维克多·艾里斯的西班牙导演，今年八十岁。他快三十年没拍长片了。

这部有关“画家画树”的纪录片，即是艾里斯的《榅（wēn）桲（po）树阳光》。十有八九的人，念不对第二个汉字的发音；

十有八九的人，也没有亲眼见过榅桲树的样子。这等稀罕不多见，竟与维克多·艾里斯的电影调子太搭。

当你终于下定决心要看了，发誓要把不认识的榅桲树一次看个够。却发现，依你对纪录片画面的认知，它怎么还像又老又破的 DV 机器拍出来的，不免要迁怒于当前所能看到的影像介质。就连《视与听》（英国专业电影杂志）做的艾里斯的回顾节目里，截取的《榅桲树阳光》片段，也与中国影迷所能看到的没有差别。

然而当你看进去，就会一步步地把旧的自己抛在身后。看完后，你会感慨《榅桲树阳光》是金子般珍贵的艺术电影。

望闻问切榅桲树

《榅桲树阳光》一开场，1990 年，马德里秋天的一个早晨。画家来到工作室，为绘画做准备。他敲敲打打，搭画框，裁画布，装好架子，镜头注视着一堆工具。多数人不免以为，画家出门，只需要带上油彩和画笔，可电影开头，画家的行头比起木匠，更像随后出场的装修工人。

屋里杂乱，院子里还有其他树。榅桲树是画家亲手栽下的，已经四年了。他喜欢这棵榅桲树。他用油彩作画，爱上一遍。改为素描作画，又爱上一遍。不知不觉间，笔下每一颗榅桲果都有了多重的生命。

榅桲果像梨子，形状较梨更不规则。成熟季节到来，果实个头愈发饱满，色泽可爱，压低着枝条。画家划在榅桲树上的白色标记，随着时间的变化，似乎变成了笔画不同的汉字：一、三、十、二十一，卡、圭、幸。

镜头里的画家，总是面带微笑，享受着绘画这件事情。每天来到院子里，站在榅桲树前，就像呼吸那么自然。没有好天气，等。没有好光线——是有点可惜——继续，等。等雨停，等上几天都没事。他毫不急躁，以极大耐心，去画写生入门般的榅桲树。即便选择放弃，他也没有一丝怨气。

艾里斯的电影作品，以精雕细琢的光线氛围著称。不少殿堂大师都表示过，艾里斯的电影，看一眼画面就知道是他的手笔，辨识度极高。即便从中间开始看，你也能知道是哪一部——《蜂巢幽灵》或者《南方》。

碰上《榅桲树阳光》的恋物癖画家这样的主人公——他发自内心，赞美自然事物，观众能同角色本人的人格进行直接接触，如此一来，对话便产生。

《榅桲树阳光》收录了各种各样的声音。轮船、飞机、轨道列车、摩托车的声音，狗叫，收垃圾，还有风声、雨声、钟声，装修噪声……这些声音交代了故事发生的背景是城市，说明画家不是与世隔绝，而眼前有榅桲树的一片天地，却更因此反衬显安静。

松下牌收音机，不停放送着西班牙国家广播电台：

苏联与以色列重建外交关系……

萨达姆号召人民发动圣战……

两德统一，柏林成为德国的新首都……

过去一周，有33人死于交通事故，16人受伤……

风雨欲来，虽然围墙外的马德里井然有序，但更遥远的地方却不太平。外面纷乱如是，画家哼着歌，仍画他的画。榅桲树在画上，枝繁叶茂，结果丰收，重演一次生命的过程。

画家的妻子、女儿，他的老同学，还有中国的朋友都曾来访，陆续出现在榅桲树面前。画家和老同学回忆起学生时代，念念不忘一个模特。老同学用棍子滑稽而努力地撑起一片叶子，好露出榅桲果的笑脸。末了，他们唱起了歌。

在达·芬奇的时代，没有什么比绘画更棒的事情了，能接近它的，至多只有音乐。他们讨论米开朗琪罗的《最后的审判》时，说六十多岁的米开朗琪罗，把自己都画进去了，是一张人皮的模样。画家向中国女士解答作画的方法，说“你必须放弃一些东西”。不少人认为，这句话就是电影的精髓。

气味是很难表现的一种东西，在《榲桲树阳光》里，榲桲果的气味，相当有趣。电影里多次出现画家拿起榲桲果，闻着它成熟的气息。装修工人也忍不住好奇，洗去榲桲果上的白色油彩，切开，分食。

在此之前，画家的女儿就已经在讨论榲桲果的味道了，说妈妈会做成果汁。但无论如何，得有人在电影里亲口尝一下榲桲果。这个人，又最好不是画家本人。于是工人几个，吃了起来，“有点像梨子的味道”，“口感有点干”。或许，电影也可以叫“榲桲的滋味”罢。据说在新疆喀什等地，榲桲果还可以放到羊肉手抓饭里，煮熟后更美味。

艾里斯看洛佩兹画风景

电影里的画家叫安东尼奥·洛佩兹·加西亚，也是西班牙人，大艾里斯四岁。洛佩兹从事绘画与雕塑创作，画过不少带魔幻色彩的静物、空房间，还有马德里街区。到拍摄《榲桲树阳光》这个时期，他已经走向了沉着冷静的写实手法，反映在片子里就是创作一丝不苟，且不乏生理快感。

院子里的榅桲树，又矮又小。说得上喜人的，只有果实累累。洛佩兹选择了看起来很极端的方法：他在院子里画出了水平线，用钉子固定了双脚站立的位置，始终保持从一个固定角度去画榅桲树。

他在黄色的果实和绿色的叶子上，点上了白色标记。这样不仅画下阳光跃动其上，也能观察到榅桲树的变化生长，跳脱人类肉眼的局限。雨水不断之际，他给榅桲树搭了个棚子，避免风雨冲刷，造成枝叶凌乱、果实落地。

作为导演的艾里斯，同样极端。洛佩兹几乎没有离开马德里的那个房子，也就是工作室。摄影机蹲守在院子里的时间，跟画架伫立的时间一样长。画家在画榅桲树，电影导演就在描绘画家本人，阐释艺术创作这件事。当画家和导演给自己留出时间，投身于某些事情时，这个行为本身，就让他们在做的事情变得有意义。无论你觉得那个过程是极端还是无聊，是大费周章还是盲人摸象，那中间的确生出了一些东西——就像榅桲树结出了果实。

《蜂巢幽灵》《南方》《榅桲树阳光》《生命线》，恰好对应了艾里斯四十年电影生涯的不同阶段。评价他的技法，最无法忽视的，是剪辑上一再使用的叠化处理。它并不高深，新手影人也爱用叠化，表现时间的流逝。叠化在《榅桲树阳光》里，被艾里斯用得大巧若拙。时间像日记的日期一样书写，还有可见的画作进度，变淡和消失的标记。

当安娜和伊莎贝尔在山头，跑向远方原野上的空房子，《蜂巢幽灵》在那一幕，采用了三次叠化。而在阿巴斯《橄榄树下的情人》结尾，侯赛因追下山头，穿越绿色的橄榄树林，去追塔赫莉，伊朗人选择一个四分钟的长镜头。纵向跑向电影景深迢远处，相似的银幕动作，却采用了全然不同的时间美学。艾里斯的电影是梦幻的，如同小女孩对时间的体验，只有印象和感觉，它不是一分一秒地精确走动。相反，阿巴斯的时间体验是在考验观众，每个人都在分秒之间，寻思着那一幕该如何结束，塔赫莉是否会接受侯赛因——还是就安排个开放结尾。结果，答案是鸟儿在唱歌。

香港导演陈安琪拍摄画家黄仁奎的纪录片《水底行走的人》，黄仁奎以嬉笑的艺术家姿态，消极地抵抗导演的贴身跟拍。“纪录片不就那回事”，“这就是你想要的内容”，作为拍摄对象，黄仁奎很不配合。一番交涉，他用自带 GoPro（一种防水运动相机）的方式，拍下自己的作画过程。不难发现，拍纪录片也会变成创作者之间的碰撞磕绊。

《榅桲树阳光》没有在电影里表现艾里斯跟洛佩兹的交流。画家怡然自得，日出日落，近乎修行般，一笔一笔，画着那棵榅桲树。从装修工人到中国来客，别人代替导演抛出了观众在想的问题，而有些问题，不需要有答案。

“如何看懂一幅画？那幅画到底在表达什么？”

“首先，你得去看那张画。如果画能说话，它会回答。”

洛佩兹近乎忘我地爱上了那颗榅桲树，重要的不是那幅画看起来怎么样，而是它为什么这样。

榅桲树是洛佩兹的作画对象，它以自己的方式生长，结果，成熟，落地，腐烂。洛佩兹是艾里斯的拍摄对象，他用自己的风格去绘画，搭画框，裁画布，装架子，拉铅垂线……等待好天气，等待角度恰好的阳光照射，就像偶然发生的诱人时刻——刚好能把榅桲树分成明暗交织的两部分。在这部电影里，可见的光线加不可见的重力，就是时间本身。

小川绅介曾用一系列纪录片，深度观察稻子的生长。奈保尔笔下的华兹华斯，生活潦倒，是个失败的乞丐，却依然在意一棵树的姿态。洛佩兹从上到下，从前到后，或浓或淡，阴晴不断地观察着榅桲树。一个人、一件事物之所以美丽，就是因为从诞生那一刻起，它们就拥有了自己的特征。画家捕捉光线，导演摹印时光，任何一种事物被观察到极致，艺术创作就在全情投入的过程中，顺其自然地萌发。《榅桲树阳光》最耐看之处，在于全程都有大自然的参与，还有对时间进行的堆叠。它的奥妙，在于你身处其中，不可言说。

围绕《榅桲树阳光》的终极疑问，不外乎“画家是不是用太长时间，来画一幅画”。可在我看来，只要他想画一幅画，至于他用什么方式去画，三五天，几年，十数载，乃至一生，那都是画家本人的事情。绘画不是机器大工业，追求效率、批量生产，那叫复制和印刷。

如今的人类，看到花花草草也要拍。一时兴起的冲动和转念消失的速度，与手机的曝光时间是大致相符的。

花 133 分钟时间，去看画家画一棵树。这个画家，花了几个月去画一棵树。还有比这个过程更长、更慢的吗？洛佩兹会告诉你，这棵树已经长了四年——从种下榅桲树的那一刻起，电影就已经开始了。

让人感受到时间的力量的，也许还有人物介绍上经常会出现的文字：安东尼奥·洛佩兹已经画了三十年画；维克多·艾里斯拍了三十年电影；马德里这座城市，建成已有一千一百年。

这样的时光，不光是“从前慢”，肉眼凡胎，更是难以察觉。

面对任何事物，艺术创作都是一个亲近的过程。画家不是在制造缓慢，而是在享受缓慢。你是否看出来，他越画越慢，到了素描时，没有了天气的干扰，一天也就添那么几笔。横平竖直的杆子、拉绳和白线被移除，抹去，只剩地上一堆烟头，还有腐烂、萎缩、干瘪、发黑的榅桲果。空落落的院子，像一个空舞台，装满了往日故事。

结束工作后，洛佩兹卧在床上，成为妻子的画像模特。他静默如谜，跟着成熟落地的榅桲果，沉沉睡去。幕布后的摄影机，机器开转，灯光亮起。电影越来越慢，如越来越均匀的呼吸，平静、温柔到无以复加。画家一手拿着蓝宝石，一手拿着在希腊拍的照片，年华又来，年华又去。

我的青春任意门

《听到涛声》

昙花一现的青春世代

有人不免要以为，宫崎骏差不多就等于吉卜力。了解日本动画的，知道宫崎骏还有个搭档，是从东映时代开始合作的高畑勋。更熟悉吉卜力的，就会知道它是一家特殊的公司，靠宫崎骏和高畑勋两条腿走路，大总管是负责策划行销的铃木敏夫。至于宫崎吾朗和米林昌宏这些，说起来已不太重要。待到他们冒头，日本动画电影已经进入了新海诚的票房时代。

细说从头，你更会发觉，在吉卜力出品的片子里，72 分钟的《听到涛声》是个异数。

当时，工作室忙于《红猪》的收尾阶段，视红猪为自我化身的宫崎骏，更是全身心投入，忙得焦头烂额。画完《红猪》，吉卜力员工本指望休息上一年半载，一直以来，吉卜力就保持这样的出品节奏，劳逸结合，不快也不慢。结果不知何故，铃木敏夫拍个脑门，就决定启动《听到涛声》的企划，考验吉卜力的青春世代。他给出的制作期限很紧张，时间只有半年不到。即便对一部电视动画片来说，这期限依然苛刻得不近人情。多年以后，铃木留下只言片语。他认为《听到涛声》虽得到一定好评，但最终预算和制作时间都大幅超支。据此可以确信，《听到涛声》的提案，就是一次“无心插柳”。

对铃木敏夫而言，他只伺候宫崎骏，盯着电影票房。《幽灵公主》取得惊人成绩，更奠定了他的话语权。这个片名还未经宫崎骏首肯，铃木就对外放话，叫《幽灵公主》。总之，高畑勋没有市场，宫崎骏完全成为吉卜力的独角兽。吉卜力应对未来的举措，就是扶植宫崎骏的儿子——宫崎吾朗。事实证明，不是每个人，都能玩转老爷子的魔法少女和虚幻时空，而此时，《听到涛声》及其背后的年轻世代也退潮而去，不再有声响。

相较后来，同样有道别夏天、看得见海的《虞美人盛开的山坡》，吉卜力处理青春题材，依然显得步履沉重，必须扣上时代家国的背景、情怀，站成动画大片的姿态。《听到涛声》是出自吉卜力工作室，又最不像吉卜力风格的一部动画。原来在制作阶段，这批二三十岁的年轻人就开出条件：请老先生不要过问创作。它也是吉卜力唯一一部没有宫崎骏影子的作品——除了《红猪》以海报形式，作为彩蛋，在片中几个场景出现。至于好事者后来在网络声张：《听到涛声》是宫崎骏最不喜欢的吉卜力动画，就只能当作笑谈了。毕竟这横看竖看都不是亲生儿子。宫崎骏连亲儿子都摇头，怎会轻易喜欢后生的动画。

当我在谈论青春的时候

1993年，即平成五年5月5号，日本电视台播放《听到涛声》。等我在海洋这边“听到涛声”，已经是十年之后。步入大学的我，怀念着高中时代，对未来不无惆怅。我急需观看更多电影，去缓解对城市生活的焦虑不适。后来，只要听到电影原声带响起，疏落的钢琴声敲击，还有嘹亮的小号声奏起，我都能瞬间穿越回校园时代。不知不觉，《听到涛声》的透明感，化作“泡泡头罩”，成为我青春经验的一部分，瞬间开启，任意进出。

世纪交接那阵，日本影视在彼岸涨潮。1995年引进的《东京爱情故事》，还有岩井俊二的《情书》，是许多人的爱情圣经。上了大学，三四个月不理发，晚上饿得两眼发亮，眼镜对着电脑屏幕放光，交相辉映。我对电影的接触了解，似乎比对真实世界的了解更多。

我看《听到涛声》里的四国岛爱知市土佐湾夏威夷，想起了高中时光。对于乡镇少年，似乎发生在城市的青春，就太不青春了。处事待人，都得板出老大人的可笑模样。青春像不及格的试卷纸，慢慢被撕成碎片，变成风化的齑粉死灰，在沼泽地里消失无踪。

我的身体里，残存着高中校园的热量。北纬25°，阳光普照，亚热带植物疯长，满目绿林葱葱，带着过曝的氛围光。还有从海峡刮来的台风，雨歇之时，远山笼罩着与天一色的雨云。

走出一排直溜的教学楼，拐到东边围墙下的小路。路是下坡，走起来连跑带跳，一直走，通往旧校门。校门口长有棕榈蒲葵，尖突状的铁栏杆，挂着锈锁加铁链，常年闭门。好些个夜晚，我与朋友逃晚自习，去日月无光的网吧，打花花绿绿的游戏，回来就躺在旧校门的草地上，等着下课铃。几年后，旧校门推倒再建，因风水得重生，它变成了高大宏伟的新校门，迎接新的百年。

《听到涛声》的主创团队，是当时34岁的导演望月智充，29岁的美术监督田中直哉，29岁的作画监督近藤胜也，32岁的制作人高桥望，33岁的编剧中村香。他们用青春的恒热感，去定义这部电影，让人起鸡皮疙瘩，瞬间唤醒青春岁月的记忆。记忆中是海潮远来，缓缓涌动，是昏昏沉沉，对学习打不起精神的青春热病。

从男性视角出发，《听到涛声》有同袍之情，伙伴并肩而行。纸上写下的“再过十年二十年，每当想到这件事，我还是会认为学校做得不好”，就是杜崎拓和松野丰的抗议见证。

当爱情忽至，杜崎拓一见倾心之际却软弱退却，引发一段“糟透了的东京旅行”。站在武藤里伽子的位置，她是孤傲、不合群的大都会来的优秀转校生，与吉卜力那些手脚勤快、任劳任怨的女性形象相比，她不免任性、要强，却又需要有人陪伴守护。

《听到涛声》没有“甲子园”，没有“世界系”，只有光影斑驳的校园。高中毕业上大学，还有注定犯傻、不免失笑的同学会。一张照片，两趟旅行，当你沉浸其中，会发现成长记忆不仅可以被美化，也允许被修饰。

赛璐珞时代的青春大门

《听到涛声》也是赛璐珞时代的产物。主创一行人来到高知这座命中之城，通过实地采风，拍下了许多资料照片。电影中的校园、大桥、街角、市场和卡拉 OK 店等主要场景与构图，是从照片上取材而来的。作画师根据主题作画，去掉背景累赘，移动建筑物件，重新搭建电影的空间。留下的一张张精美原画，被认为胜过真实场景。不难发现，后来的新海诚，也几乎原样复制，对现实场景实施光影渲染。在数字时代，这已不是新鲜事。

如此说来，《听到涛声》也有做成青春相册的意思，不时穿插照片、视窗和水彩画。无论何时何地，你一打开这部电影，就会陷入其中。时间变成黏稠的胶状物，海石花一般，不再流动。

押井守说，动画导演和作画师都有恋物癖。今敏这样的导演，会往未麻的房间，放上各式各样的小物件。《听到涛声》则在既有照片构图基础上，去掉累赘和不必要的物件，提升纯度，取之精华。与真人影视作品不同，动画片中任何一样事物，书柜上的一本书，墙壁上的一串字符，墙头的一只鸽子，甚至哪怕是一朵貌似随意的云，一股看不见的气流，它们都是原画师从无到有，一笔一画地画出来的。动画片，是真正的造物，从人物、所在空间到背景世界，塑造成型。在不打破原有空间的基础上，作画师就是建筑设计师。

《听到涛声》的好，并不在空喊爱、青春、纯真之类的口号。它的人物形象设计，三位主人公的青春感，放在吉卜力作品里都是最顶尖的那一拨，与纯爱的新海诚和躁动的大友克洋各走各路。永田茂的原声带，如同隐形的能量场，荫庇着电影的青春故事，也把它和即将涌来的成人世界，隔离开来。电影还有出色的美感。成片有很大比例的画面，设计了光与影的对比。开头列车经过，杜崎拓脸上的明暗变化；美术教室的雕塑，沐浴在穿透窗户的阳光里；属于炎夏的不尽蝉鸣，苍鹰在天台上投下了一瞬即逝的影子。无处不在的阴影和暗处，藏匿着少年时代的秘密，更衬托出故事原本的明亮。

印象至深的还有杜崎拓第一次在校门口，碰到松野丰和武藤里伽子。匆匆一瞥、微微点头的初遇，居然切换了七个短镜头，由远到近，还有一次令人恍惚的变焦处理，完美地抓住了初见的心动感觉。

少女漫画原著的两男一女，令青春期像潮水般肆意蔓延，招致宫崎骏后来看片的不满。他无法理解杜崎拓的心理，认为导演处理草率。这个人怎么可以在飞机上自顾自看杂志，在酒店房间，居然还一派老实。

但这才是青春啊。

杜崎拓和松野丰，因顾虑对方心思而引发一系列基于误解的行为。青春期的戏码，总是爱情抑制了爱情。这才有最后，杜崎拓发自内心深处的声音："我真的喜欢她。"

以新人班底，"快速便宜好"理念制作出来的《听到涛声》，还一度让我惊诧于平成初年的日本高中生，已经轻松有 400 美元可以支出。班级旅行，能听到夏威夷的海潮之声。后来我才知道，在泡沫经济的巅峰阶段，日本人真可以满世界跑。1991 年，大林宣彦在《两个人》的电影结尾，不仅有“去更多更远地方”的壮游豪言，迷离少女还说：“当我闭上眼睛的时候，我可以去任何时代，任何地方。”

没能挨到平成年的寺山修司这么说过：

> 这个世上最遥远的地方
>
> 是自己的心
>
> 出生以来关了多少次门？

《听到涛声》说的，就是这么个事吧。咚咚咚——快去开下门。

伍迪·艾伦有多少子弹?

《子弹横飞百老汇》

1994 是个刺激的年份，子弹横飞。

不少影迷一定听过 1994 是“电影大年”“奇迹之年”之类的说法。

事实上，拍电影不是靠天吃饭的庄稼活。那一年阳光没有变多，雨水也没有变少。1994 年集中出现了《阿甘正传》《肖申克救赎》《低俗小说》等中青世代影迷最耳熟能详的电影，好比再往前二十年，一大批美国影迷在电影院为《大白鲨》和《星球大战》尖叫的时期，及至新世纪以后，诺兰导演在中文网络上无往不利的烧脑神话。它们差不多是一回事。

如此一来，《子弹横飞百老汇》就淹没在 1994 年的电影中——大概是片中开枪杀人的数目排不上号。数字总是最有说服力的，对比那一年的几部代表佳作，看过《子弹横飞百老汇》的中国影迷数量，仅为看过《阿甘》《肖申克》《小说》的百分之一，甚至更少。

可能因为伍迪·艾伦雷打不动高产量，令不少人觉得，少看他三五部片子，也不会有太大损失。但要说句实话，《子弹横飞百老汇》是伍迪·艾伦第一档次的作品中看起来最爽的一部。伍迪·艾伦也同意该说法，有采访为证。

《马丁·斯科塞斯的美国电影之旅》提到，大多数美国导演不称呼自己为艺术家。老前辈约翰·福特，就喜欢拖着一口低沉哑嗓，说自己不过是个拍西部片的。伍迪·艾伦听到艺术家三个字也会感到难堪。有次，他在依莲餐厅碰到了大剧作家田纳西·威廉姆斯，对方不无诚恳地称赞“你是个艺术家”。伍迪·艾伦听后，觉得田纳西是不是认错了人。

《子弹横飞百老汇》讲的，就是艺术家的那点事：不够格当艺术家，又非要顶着艺术家高帽的可怜人；还有呢，当个艺术家，下场确实很惨；以及艺术家是天生的。天才就是天才，勤奋就是勤奋。不要相信任何东西加上了勤奋，就可以计算出来天才这东西。

艺术家光环背后，是不尽的辛酸史，是十年一觉李安梦，是电影里扎堆调侃的“死后才被喜爱”。《子弹横飞百老汇》发生在

20 世纪 20 年代，伍迪 · 艾伦另一部作品《开罗紫玫瑰》发生在 30 年代。那会儿，美国社会的关键词是“禁酒令”和“大萧条”。据说在那个年头，如果你显露出什么人生抱负，要么选择成为匪徒，要么就成为演艺界人士。

《子弹横飞百老汇》在讨论艺术家之前，率先讨论了创作自由的问题。伍迪 · 艾伦是这个世界上极少数不受制片人和其他因素干扰、可以自由创作的导演。他作品中的纽约，与马丁 · 斯科塞斯的纽约、斯派克 · 李的纽约分庭抗礼。伍迪 · 艾伦握有最终剪辑权。天才级的奥逊 · 威尔斯（也是伍迪 · 艾伦的偶像），他完全自由不受干扰的拍摄，成就了雷电华[1]时代的非凡首作《公民凯恩》。那是他的第一次，也是最后一次不受干扰的拍摄。

《子弹横飞百老汇》采用片中片的结构，讲百老汇的舞台剧，当作电影摄影棚来理解也行。当年的舞台剧更看重首演，大家华服光鲜，盛事的仪式感更强。后来的好莱坞电影则变成推向全世界的文化产品，引车卖浆，普罗大众欢迎入内。首映的意义，已成为千篇一律的公映日期。

郁郁不得志的编剧大卫，想自己执导剧目。机缘巧合，碰上个金主。对方是杀人越货的黑帮老大，他有自己的算盘，让情妇来演戏——这样的故事，香港影坛一度屡见不鲜。好比当下中国

1　20 世纪的一家美国电影制片和发行公司。

也有女明星带编剧进组，现场改词加戏，惨不忍睹。《子弹横飞百老汇》中，演员带制片人又带编剧兼保镖进组，牢牢扼住导演喉咙。类似事情并不只发生在商业项目之中，据说侯孝贤的《海上花》、王童的《香蕉天堂》的女主角都是有背景的。搁在今天来看，谢天谢地，这些插曲并没有拉低电影品质。

商业社会里，艺术家不是唯一被锁喉和绑架的群体，亦不能是自比凡·高的愤怒失意人。电影从筹备到上映的任何一个环节，都有可能让项目夭折。

发完一通恶气，大卫认同了公鸭嗓大佬情妇的存在。当剧组开始试拍，运转起来，他就加速狂跑，奔着上演的终点而去。根据访谈资料，《子弹横飞百老汇》并不是伍迪·艾伦当时最想拍的剧本——它根本就是提案名单上的最后一个。作为创作者的伍迪·艾伦，与片中大卫的形象，它们是如此不同。大卫努力上进，但频繁受到干扰，且无法控制演员，甚至收拾不好自己的人生。伍迪·艾伦则是严于律己、精力充沛的狂人，他把工作与生活分得很开，每天日程安排得紧锣密鼓，每年总能交出一部电影。即便陷入与米亚·法罗的漫长官司，他也保持创作不中断，近三十年一直如是。

在伍迪·艾伦看来，黑帮老大捧情妇是烂梗，匪徒契奇变身大拿才是妙笔。大卫自命不凡，却在赋予自己作品生命时，变得摇摆、妥协、敷衍了事。契奇行事老辣，他为了维护作品的完整，硬气、霸道，不惜下狠手。

“我想拍电影，我该怎么做?”

被问及这个问题，成天醉醺醺的电影摄影师杜可风直接训人：“最近进过号子没有？上过黑女人吗？你有出过车祸？如果统统没有，那你他妈要谈什么拍电影当导演?”

杜可风说对了一半，当导演做编剧的，有更多人生阅历是好事——就像《子弹横飞百老汇》台词说的，“世界就像一个大牡蛎一样迎接着你。哦不，世界就像一个阴道一样向你张开了”。赫尔佐格给出的导演就业指南，在当下看来较为实用：去情色夜总会门口当保安，去精神病院当管理员，去屠宰场操作切肉机。

发出三连问的杜可风，没有成为出色的那种导演。说明光是进监狱搞女人撞过车，还远不够当好一个导演，更不要说是有才华的导演。当大卫和契奇在台球室谈起剧本，大卫说从老师那学到编剧写作，还看了很多书，契奇说忘掉老师，忘掉那些该死的矩尺框条。凭空编造的大卫，大谈形式意义，总是无法触及人物深处的欲望。直来直往的契奇，本是个亡命之徒，专挑剧本这个野兽的要害部位，用钝器将它一击毙命，然后用利刃划开动脉。那滚烫而出的鲜血，才是剧本的精髓。

《子弹横飞百老汇》也展现了演员的不同生态，像不再走红的女演员，暴食症的男演员，以及根本不是演员那块料的演员。黛安·韦斯特饰演的海伦，形神俱备，语言夸张。她这块巨大的海绵，浸泡在戏剧和酒精之中，虚实不分。

创作是一个由孤独到幻灭的过程。对投身其中的创作者和演员皆是如此。说到拍电影，伍迪·艾伦认为逃避现实的不是观众，而是习惯躲到摄影机另一边的自己。他逃进了自己的戏剧世界。

当作品有了生命，艺术家就悄悄死去——或早或晚。伍迪·艾伦给契奇设想过另一种结局：他成了百老汇红人，却发现一脚踏进了一个杀人不见血的圈子，周围人比混道上的还要心狠手辣，各种算计于他。最终，他选择回去当匪徒。但如此一来，电影不仅要变长，也会削弱大卫角色的震撼力。总之，还是让他们做自己喜欢做的事情吧。像一个艺术家那样死去，像一个普通人那样结婚过日子。

所以也不要再问一个导演，他的电影，到底讲了什么。

你最该做的，是“Don’t speak”……

你还没死，你还不是孤身一人

《离魂异客》

正坐在横贯线火车车厢，一身出门参加宴会的格子呢行头的威廉·布莱克，发现自己与周围旅客有那么一些不同。他很快就会告诉搭话者，自己从克利夫兰来，正要去应聘一份工作。

搭话者从火与烟中来，上下一抹焦煤的黑。他目光如炬，未坐下就已窥破威廉·布莱克的人生秘密。此人似乎是这趟列车的话事人，更像从魔窟地狱里跑出来的马前卒。

《离魂异客》的开场，丝毫不想掩饰扮演威廉·布莱克的约翰尼·德普的特殊存在。金丝框眼镜，嘴上的唇釉，礼帽下是精致得过于耀眼的偶像面孔。新世纪以后，人们多半会做这样的解读。话说当年，身上有印第安人切罗基族血统的德普，上了电影的瘾，意犹未尽，两年后自己导演了一部印第安题材的片子，讲的还是穷苦潦倒、无路可走的同胞们。

身体紧绷，神色紧张，威廉·布莱克掩饰不了他的格格不入。这个闯入荒蛮西部的陌生人，看着西部的森林、山脉、荒漠、砂岩、隧洞、篷车、毡房，在百叶窗的缝隙间，徐徐伸展开来。

眼前旅人的装束变化，也在暗示主人公和观众，随着火车行进，电影与文明世界的联系愈发衰微。人们沉默不语，靠枪杆子说话。永动的连杆与火车轮，蒸汽和尘灰笼罩下的工厂，还有机器阴影下的工人，个个凶神恶煞，来者不善。

凭借这套驱动系统运转的钢铁装置，美利坚得以在新大陆上建立合众国。火车与机器，速度与气势，象征了文明。在那个开发西部的时代，避开死亡的话题是不可能的。大多数西部片里，文明每步的前进，都伴随着牺牲，还有击退野蛮的入侵袭扰。野蛮形象的代表，正是没能跟上文明车轮、惨被倾轧与驱赶的印第安人。那个年头，白人移民更情愿称赞美洲豹与狮子的身体构造完美，却拒绝承认自己与印第安人是同类。“五月花”号和哥伦布船队上的欧洲人，莫不如此。

早在处女作《长假漫漫》，吉姆·贾木许就采用了天真之歌与经验之歌并唱的剪辑模式，即一组沉静一通喧嚣，一排肮脏一列繁华，循环往复，先声夺人。《离魂异客》也有意打碎了尼尔·杨的吉他声，它只在车轮转动时出现，最终才汇成气势不凡、即兴写意的主题曲。影片是如此仰仗音符的拍子，就像威廉·布莱克拿起了枪，轻松点射。人与人，捉对厮杀，每一个音符，都是子弹在跳芭蕾舞。

这是一部没有烟草却有太多诗歌的电影。一个人无来由地记起了文明的诗。文明与野蛮一体，它们既对立又统一。相比关注文明与野蛮，生存与死亡的宏大命题，许多人更乐意把《离魂异客》当作一部非典型的西部片，就像贾木许电影里永恒的旅行者，从一个地方飘荡到另一个地方，永远向往着远方。

电影不想掩饰约翰尼·德普的夺目，与死亡共骑的主题通过片头一段话，就得到了交代。文明之趣味，在于使人类陶醉于眼前景象，忘记自己有一天也会死亡。白人移民不费太大气力，就把印第安人杀得片甲不留，赶入蛮荒的保留地。可同为人类，他们却有相同的归宿。战争并没有结束。于是乎，原住民的诅咒，对灵魂报复的担忧，也跟着流传了几百年。

名为“Nobody”的印第安人救了威廉·布莱克的一命，或者说，抚慰了他的灵魂。这是《离魂异客》最重要的一段情节。Nobody 的角色，让我想起英国皇家海军小猎犬号船长菲茨罗伊，他从火地岛带走了一位印第安少年，叫吉米·巴顿（Jemmy Button）。“Button”就是纽扣，也是购买他的代价，印第安原住民保有以物易物的诚实传统。当时，小猎犬号上还有一个年轻人，后来，他的名字家喻户晓，叫达尔文。

吉米·巴顿在英伦游历一圈，又在重返美洲大陆后，迅速脱掉了英式服装，回复野蛮的状态。他的族人后来纷纷死于比白人更可怕的看不见的致命敌人——天花。据称，它还导演了一场对白人的屠杀。

与吉米·巴顿相比，Nobody 从文明世界带回了更多东西——诗歌、语言，还有他给自己取的名号：Nobody。身为通灵角色，Nobody 挖出了威廉·布莱克胸口的子弹，给了他闪电的赭面，还取走了他文雅的眼镜。这些行为褪去了威廉·布莱克的文明色彩，使他化身为西部片的神枪手——冷血、无情、替天行道。本质上，拥有诗人姓名和得到诗歌灵魂的两人，他们是一体的。正如全片尝到男女之欢还披上了熊皮的快乐之人，只有他俩。他们是各自群体中的被驱逐者，是孤独的怪物。

紧随威廉·布莱克的行踪，森林中出现的怪模怪样角色，包括三个臭名昭著的赏金悍匪，三个肮脏下流的森林猎人，光头佬双胞胎警察，秉承双重标准的神职人员，等等。这些人或被“黑吃黑”，或干脆一枪枉死，都以不带感情、滑稽意外的方式倒下。路越走越远，在堕落和退化的程度上，白人的角色叫人大开眼界。最残暴的一员悍匪，更是滑入兽性。残酷的独立战争和针对印第安人的屠杀，正是美国的文明原罪。

西奥多·阿多诺（Theodor W. Adorno）说过，奥斯维辛之后，写诗是野蛮的，也是不可能的。这段名言流传甚广，它的背景是奥斯维辛集中营和针对犹太人的灭绝性屠杀。更深的背景在于，自视为人类文明母体的欧洲，居然能在几年时间内，在一个诞生过歌德与巴赫、贝多芬与黑格尔的国度，制造出如此恐怖的惨剧。那根本不是自古便有的原始的敌意，而是以文明为驱动，以机器为手段，精密周详的图谋。

海参崴的流放地，诗人曼德尔施塔姆在生命最后的时光里，用瘦骨嶙峋的手，搬抬着石头。他的第一本诗集叫《石头》，在奴役和残害同类上，人类文明时常叫人失望。

自认开拓了文明乐土、许诺未来天国的人类，往往在一瞬间就变成龇牙咧嘴的野兽。人们以为在文明的道路上越走越远、脚下地基打得越来越厚，但在《离魂异客》的故事里，“不要与死人一起旅行”的告诫，暗示文明与野蛮正如一对双胞胎。斐济的一位酋长第一次摸到冰块，他大喊一声“Katakata”，表示冰很烫。在他们的世界里，原来从未有过冰的存在。拥有了火枪利斧的毛利人，火速剿灭查塔姆岛上的莫里奥里人。后者与他们有共同祖先，开化程度更低，手无寸铁。

文明是一层薄冰，漂浮在黑暗和混乱的深海之上——赫尔佐格如是说；而诗歌，是对人类文明、对世界文化的眷念。

人在孤舟，远航归西。死亡崇拜，古来有之。《离魂异客》通过一次印第安文化之旅，描述了死后世界的一趟旅行。愿那独木舟上安息的灵魂，能像写在水面的诗人歌者，留得姓名。

贾木许并不是心血来潮，突然借来诗人威廉·布莱克的名号为角色命名。他在《帕特森》里描写了一个诗人的生活——开公交车。是谁说喧嚣街角不能写诗？诗人用烧掉诗集的方式，令自己更像一个诗人。与贾木许互示好感的考里斯马基，也在《波西米亚生活》里，用一摞诗集去生火，只为驱散心爱之人的冬寒。

如果没有诗歌，我想，文明本该无名无姓，只有紧挨文明的无字碑石，再树立一面墓碑，写有“野蛮”字样，作为它的陪葬。

时间给了我们答案

《甜蜜蜜》

《甜蜜蜜》看起来并不像中国观众在现实中能宽容、喜欢，甚至爱不释手的那种爱情片。

然而，它就是做到了。

黎明在有恋人的情况下，劈了腿。张曼玉根本也就是两个男人都爱，爱就爱了，她还玩真的。看上去，他们所演的角色若活在当下，在今天的社交网络上，他们的故事被公之于众后，二人会被舆论撕成碎片。故事远够不上冰清玉洁、千古风流的才子佳人翻版，但《甜蜜蜜》还是努力做到了无限接近于爱情故事。

很多电影热衷于制造爱情的天使与魔鬼。为爱情牺牲，粉身碎骨的女神；被爱情击垮，玩弄一切的恶棍。不然就是从天使堕落为魔鬼，又或者告诉你，浪子也有一腔真爱。来来回回，都在试图告诉大家，尔虞我诈，要玩就得玩个你死我活，那才是爱。

到底什么是爱？我不知道。

《甜蜜蜜》中的人物，充满各式各样的不完美，或者说是缺点。缺憾与不足，变成了这部爱情电影的天然注脚，它好像一直缺少点什么，没有大家喜闻乐见的过程与结局。

黎明的木讷，张曼玉的精明，曾志伟的江湖万金油，正是这样不怕拆台，又顺利完成故事接龙的电影，反而制造了鲜活生动、与时势挂钩联动的爱情。

黎明骑自行车载着张曼玉的画面，似乎成为“变动”本身的最佳诠释。这样的故事，放在今天大概会变成被质疑、耻笑和解构热议的真人秀节目。你很难相信昔日的天王天后，还能饰演打工青年和麦当劳服务生。《甜蜜蜜》就是不断让观众去相信，他们是真的。

这个电影很通俗。通俗的东西好看，但不一定耐看。

《甜蜜蜜》硬生生地靠剧中台词、靠张曼玉的巅峰演技，还有根植于香港回归前的社会背景的人物化学反应，带出了欲语泪先流的情感境界。

他们的诸多努力、懦弱、冲动和勇敢，为人生，为命运，为爱情的出走与逃离，都是为了过上一种更好的生活——即便他们并不清楚，距离这种生活还有多远的距离，多久的时间，多夯实的物质基础，又或者他们将遭遇到什么样的大时代变动。

他们的纠葛，也不是单纯的年轻时犯下的错。爱情的发生，从来不是以万全的准备为前提的，更不是双方数据的完美匹配，而是不经意的，像邓丽君歌声一样酥软撩人乱麻麻的触动。20世纪80年代的人们，从未听过如此个人化的声线。邓丽君的歌声似乎昭示着新时代的来临，人们感受到了美，开始寻找个人的爱。

2015年，情人节前夕，我在三里屯的电影院，重看了修复版。此时距它在香港首映已过去20年。我有点担心，陈可辛过早拍出了他职业生涯中无法超越的巅峰作品。他自己都没有想到，这可能是麦当劳砸几千万都拍不出来的形象大片，也是黎明和曾志伟这两款形象气质天然不同的男人出现在同一部电影里还都让人喜欢的独一回。

《甜蜜蜜》使我感动的，不止于爱情本身。注定要相遇的两个人，终究会在时间和邓丽君歌声的见证下，再次重逢。

《甜蜜蜜》有个不能被忽略的背景——1997年。黎明从北方南下，张曼玉从广州跑来，曾志伟跑路，这些小人物背后，是20世纪末中国人迁徙流动的缩影。

香港回归前夕背景下的《甜蜜蜜》，靠不上《省港旗兵》系列的枪火同行，不同于《秋月》和《浮世恋曲》的纠结难解，然而它依然希望借主人公的漂泊迁徙，表现他们的个人努力和对自由的向往。他们并没有因为爱情而伤痕累累，而是越挫越勇，远走他乡。这是 20 世纪最后几个年头，浇铸了 90 年代的爱与梦想的故事。

那是一个可以发呆、放空还能凝望对方的时代，那是一个彼此还希望对方过得更好的时代。当娱乐消解了更多的剩余情感、碎片的时间，组成了更加支离破碎的记忆本身，电影人似乎变得不相信爱情，而去制造一个个浮在半空、披金戴银、闪闪发亮却唯独不包含爱情价值的“爱情故事”。

《甜蜜蜜》和其他陈可辛电影一起，确立了文艺爱情片作为一种特殊类型片在华语电影历史中的里程碑地位。

《花样年华》，讲的不止于爱情故事，而是男女的较量和相互比试的婚姻。《卧虎藏龙》，它裹了好几层的面粉，爱情恐怕只是其中的一道工序。娄烨的爱情故事，动人得溺水，绵长得自缢，却也还是不够通俗，无法一击即中。至于侯孝贤，他的爱情总是不言不语，叫你看风景。

这也许就是为什么二十多年过去，跟《甜蜜蜜》一样好的华语爱情电影，依然没有出现。

伊瓜苏瀑布往何处去

《春光乍泄》

1

不记得具体是哪一年了。那是他还看电视的年头。

电视上有《东邪西毒》的播放预告。春节献映，明星云集。时间却安排在了午夜的垃圾时段。

多年后，他在城市生活，熬夜总是顺理成章，近乎惯性。可那会儿，一个少年家，到点犯困的身体规律，强烈又直接。至于失眠这头怪兽，尚未孕育成形。黄金档电视剧很快结束了。大人们去休息，遥控器所有权归属于他。这只是一个漫长的开头。他很想眯一觉，又怕长睡闹不醒，醒来已天明。广告上晃动的嘴脸，循环的口条，分外令人讨厌。

他不停按着数字，向前又往后。荧屏跳得越来越慢。那时的他，近乎天真，以为《东邪西毒》这部电影，只会在眼前的黑色机器里放映，全世界似乎只会放那么一场。他一定要赶上，不能错过。

终于等到浮光跃金的“佛典有云”。画面动了，音乐响起，人物出场，一通乱打，他也一阵心跳猛烈。适才离散的灵魄，立马被大漠孤烟所凝聚。

醒来的下午，后来回想也并不意外的事情发生了。电视里重播着电影，转动的鸟笼，水中的倒影，扬起的马蹄，正踏破荧屏，重重踩在他还有些昏沉的脑门上。

小川绅介说，从你想看电影的那一刻起，其实电影就已经开始了。李沧东则说，电影并不在亮灯的那一刻结束。

对他来说，《东邪西毒》是前一种电影，而《春光乍泄》是后一种电影。

2

跟大水结识于豆瓣。第一次见大水，他在图书馆前的台阶上坐着，一个人。不远处的家伙，正冲他招着手，喜形于色。馆里出来了熟人，拍上他个肩膀，招呼即走。我远远就看到了大水，他身上有黄有绿，民族风醒目。

大水喜欢娄烨，喜欢《春光乍泄》，彼时正处于一场恋爱的强烈灼伤中，碰不得，也好不得。他从西南偏南的小城，去了北方气质的“大锅炉”。就那样，我们在北京喝了许多啤酒，足可以灌满一个小型游泳池。

大水水性不错。他宣称，少年时代就横渡了家乡的大江，时常出没于湖区。这样的言论，与在昆明海埂基地踢球的传说，我一度信以为真。大水一再宣称，30岁就给自己放假，赚多赚少，都洗手不干。他要去一趟阿根廷，追寻黎耀辉跟何宝荣的王家卫之路。

30岁已经过去了好几个年头。大水大了肚子，赚了一些钱。去南美的梦想，气球一样，飞远不见了。

前年，人在香港，我们一道吃饭。他看着手机，发出一个疑问：“西贡在哪儿？”

我没法不表示鄙夷：“去年春天，不是一块去过嘛，还有个老太用脚掌舵。”

大水没有应声，他继续看着手机。

那里，也会有转动的走马灯吗？

3

我不喜欢接电话，恐惧到近乎抗拒，更不要说是半夜的陌生电话。

看到来电显示时，我正身处海拔 2 261 米的西部城市。零点已过。

不知何故，我接了。

原来是影展的人。对方先是一声抱歉，而后单刀直入，表示时间紧迫，直接电话沟通有没有兴趣与王家卫映后交流对谈。对方一再表示这么晚打扰考虑欠周但事出突然，安排王家卫的行程也是刚踩好，大家都在折腾。

“时间是明天——噢，准确说是今天晚上。”

我犹豫了一下，说：“给我十分钟。”

窗户倒影，仿佛还没落地的墨镜王跟河谷的夜色融为一体，咧着神秘微笑。

不到三分钟，我拨出了电话。

片尾曲 *Happy Together* 放完，大灯亮起。王家卫从影院侧门进来，全场影迷沸腾欢呼。之前感觉王家卫高冷又神秘，直面第一印象，他确实个很高，态度亲和，没有散发“别靠近我”的大导演傲气。黑墨镜下果然挂着微笑，他在高脚凳上坐了下来。

那一晚，聚光灯明亮。所有人都被伊瓜苏瀑布的雨雾打湿了。

4

羽仁未央这个名字，字与字的排列，有组合之后的美感。我看过一遍，就记住了她。你甚至不用知道，她是日本导演羽仁进的女儿，出身世家名门。

父亲把羽仁未央带在身边，她从小在欧洲和非洲生活。羽仁进在肯尼亚拍了好几年电影，羽仁未央就跟着住帐篷，和热带草原上的动物玩耍。后来，她拒绝上学，不习惯日本。她爱上香港电影，又爱上了香港，在东南亚漂泊生活。2020 年，《东京爱情故事》拍了新版。人们都在说，这个版本的赤名莉香，更忠实于柴门文的漫画。当年，人们也在说，漫画里 11 岁以前在非洲赤脚长大的赤名莉香，她的人物原型，显然是参照了羽仁未央。

羽仁未央说，香港是一座借来的城市。她在香港，体验的是借来的时间。她讨厌任何强加在身上的束缚，是一个喜欢酒的女子，过着不落地的无脚鸟的生活。那时候的香港，拍什么就火什么，没有好坏。任何东西都可以拿来入梦，不问悲喜。金色的钱，银色的梦，不夜的霓虹。

5

我认识的年轻女生，有不少 20 岁出头就走遍中国的。小勺是走得最多、最远的那一个。她出入故宫几十次，去过东非大草原，去过乌斯怀亚，还有伊瓜苏。

拆开她带回来给我的冰箱贴，威化饼大小。由上到下，由远到近，是蓝天、暗岩、怒水、绿树。抛光的涂层上，似乎带着尚未散去的水雾。

王家卫有着受美国独立电影标杆人物卡萨维蒂和贾木许影响的痕迹。或者说，王家卫被卡萨维蒂和贾木许的电影病毒感染了。这类不同型号、分门别类的感染现象，电影界早已有之，比如贾木许显然被尼古拉斯·雷感染了。同被雷感染的还有维姆·文德斯，他也受到小津安二郎和安东尼奥尼的感染。更不让人意外的是，80年代的贾木许和考里斯马基就完成了互相感染。

卡萨维蒂和贾木许给王家卫的启示，是可以花较少的钱完成比别人更好的作品。众所周知，王家卫也是电影文案大师。《春光乍泄》，是安东尼奥尼《放大》在香港上映的中文译名；《阿飞正传》，则出自尼古拉斯·雷《无因的反叛》。

《春光乍泄》电影片头，扑面而来的方块字，不断放大，交代出品信息。出片名之前，是8秒钟的入境检查。那两本一瞥而过，再未被打开的酒红色护照，已经像伊瓜苏瀑布般，泄露了所有的秘密。

传闻王家卫在落地阿根廷后，就当场没收了剧组人员的护照，防止有人跑路，不辞而别。这不是王家卫第一次收人护照。《重庆森林》的南亚人，就享受了明星待遇。最近一桩案例，是《一代宗师》的宋慧乔。

讲了大半段爱情故事，《春光乍泄》突然想念起世界另一头的香港。世界明明那么大，电影却在说藏起来的护照，回不去的航班，还有只想锁住爱人的小房间。

6

从不列颠岛往地心方向挖个洞，一直挖，你就会像个土拨鼠那样，从澳洲大陆冒出头来。当你在香港岛干这件事，就会从地球另一端的阿根廷出现。当世界颠倒，你站在不同角度，会有可以从头来过的错觉。

黎耀辉与何宝荣在布宜诺斯艾利斯过着有一天是一天的生活。“从头来过”，也指代这次出逃流浪。这是他们分手系列战争中的一次，可能也是漂泊得最远的一次。就后来在布市的生活状况来看，两个人显然没有周详准备。他们只想拥有彼此，没想过更多。他们计划去看伊瓜苏瀑布，却半途迷了路——那是旅行还要靠手上一张地图的古典年代。

王家卫拍摄《春光乍泄》，也是一次避逃，一次不带剧本的从头来过。剧组的停摆危险，如同那辆随时报废的汽车。最后呈现出来的电影，黑白彩色滤镜，抽帧升格、画面颠倒，质感惊人。公用厨房，小破房间，看得见风景的天台，处处流动着爱意。冷冷暖暖的色调，一再出现的旁白，饱和度高得吓人的色彩，还有反反复复的承诺。看瀑布是一个承诺，看灯塔也是一个承诺。从头来过，意味着又一个保质期未知的新承诺。势不可挡的伊瓜苏瀑布是终点，他孑然一身。

电影收于台北辽宁路夜市的人间烟火，用今天的眼光来看，似乎响应了所谓的“彩虹神话”。哪怕是爱情电影，它们都会公然挑战一些既有的成见，赤裸裸地表达创作者的态度，像《东宫西宫》《蓝宇》《春风沉醉的夜晚》。《春光乍泄》的妙处在于，你坐在第一级台阶，坐第五、第十级台阶，依然能够品味这部电影。所有的爱情问题，都是时间问题。全世界的导演都在解决时间问题——另一个喜欢拍摄爱情故事的导演曾如是说。

电影人的职业精神

《肝脏大夫》

今村昌平拿过两次金棕榈奖，两次他都不在颁奖现场。

1998年戛纳，《肝脏大夫》映后，掌声如潮水般雷动，久久不绝。今村昌平再也控制不住泪水。他说，不算孩提时，长大成人至今，那是他第一次哭。

那一年《肝脏大夫》并不参与竞赛。它作为特别邀请影片，在戛纳献映。今村昌平所感到的，是电影殿堂的无上荣光。这种事情，总在戛纳发生。

1983年戛纳，《楢山节考》摘得金棕榈最佳影片奖。那一年被电影史铭记的画面，是奥逊·威尔斯上台当颁奖人，身后是布列松的《金钱》和塔可夫斯基的《乡愁》，两人并列获得最佳导演奖。布列松没有发表感言。塔可夫斯基上前讲了一句“非常感谢”。台上一幕已经能看出来，塔可夫斯基很不开心。

今村昌平想都没有想到过，自己的作品能与布列松、塔可夫斯基竞争。人在日本的他，接收到的信息是《战场上的快乐圣诞》在戛纳很火，大岛渚和主演坂本龙一是海滩上的大红人。

1997年，戛纳五十周年。这一年，《樱桃的滋味》和《鳗鱼》并列获得金棕榈奖。由于对名流风光和无尽采访感到不适应——最主要原因可能是觉得根本不可能拿奖——今村昌平提前飞回日本。最后上台代为领奖的，是《鳗鱼》男演员役所广司。那一年被电影史铭记的画面，就成了凯瑟琳·德纳芙携手两位东方男性：阿巴斯和役所广司。

今村昌平拍了一辈子电影，负债缺钱一辈子。即便如此，他节衣缩食也创办了日本映画大学。他比任何人都清楚，预算急缺的情况下，自己的电影没法重拍一条、再来一次，失去了在艺术上精益求精的机会。他所能采用的，只是经济的、现实的制作方法。话再说白点，他拍的，就是那种没钱的电影。

或许在日本，今村昌平不会有如此要命的感慨。但在戛纳遇见威风凛凛的科波拉——他拍摄《现代启示录》时近乎有无限预算，能够不断重拍。今村这边，他对《鳗鱼》有不太满意的地方，却连一次重拍的机会都没有。

电影面前，一个人到底有多少东西是可以挥霍的呢？前面提到的人物，奥逊·威尔斯有无尽的才华，科波拉有无尽的预算；库布里克的完美主义逼疯周围人，塔可夫斯基愿意牺牲自己。今村，选择任劳任怨，当日本电影的一株甘草。这就是他给自己设定的角色。

所以，是个拍艺术电影的，对奖项志在必得的，都会认为今村昌平是好运到家了（比他更走运的只可能是丹麦的比尔·奥古斯特)。但他从不这么认为。

了解了这些背景故事，就能读懂《肝脏大夫》映后，日本老人自述中的一行清泪。当然，导演的话总是不能尽信。今村昌平是小津安二郎多部作品的副导演，拍《东京物语》时，母亲死于脑溢血，电影里的老母亲也因为脑溢血倒下。当现实生活与电影画面重合，今村实在看不下去，躲进了厕所。小津安二郎在一旁冒了出来，看着年轻人那一双红肿的眼睛，说："怎么了，脑溢血死亡不就是那么回事嘛。"他似乎有点得意于今村昌平被《东京物语》所打动。彼时今村心想，这个世上最无情、最可怕的人种，就是电影导演了。

20世纪末，今村昌平说，在死之前有几部电影是一定要拍的。《肝脏大夫》正是其中之一。电影中的小镇医生，就有今村父亲的回忆和影子。今村的儿子天愿大介也参与了影片的编剧工作。

柄本明饰演的赤城医生，踩着轻快的音乐，往画面的各个方向奔跑。他向左跑，向右跑，近景，远景，纵深方向，朝着观众跑。他在雨中跑，在水里跑，上下台阶，像个救火队员，一趟趟跳进拉门里。

比起医生，他更像个运动员。作为运动员，他身上套一白色正装，风雨不改，有点违和。他的体格显然过于臃肿，令跑起来的双腿更显笨拙。

赤城医生悬壶济世的格言是：家庭医生要用两条腿跑，一条腿断了，用另一条跑。两条腿断了，用手跑。累也跑，睡觉也跑。不愿意跑时，他的生命就完结了。

《肝脏大夫》容易被界定为一部反战片。话说日本老导演到了晚年，总会交出来这么一部反思战争的电影，如大林宣彦的《花筐》、若松孝二的《芋虫》、新藤兼人的《一封明信片》、山田洋次的《母亲》、熊井启的《海与毒药》，等等。

然而，《肝脏大夫》并非一篇不说自明的命题作文。它在手法上更像川岛雄三的低调名作《幕末太阳传》——今村昌平从老师那里学了一些喜剧元素。影迷几乎都知道，今村昌平与另一位老师小津安二郎三观理念不合。电影风格上，他无疑更接近川岛雄三。关于拍摄电影，川岛也说，完全是“为了生活”。

上有飞机轰炸，下有肝炎肆虐。战争的背景之下，赤城医生紧锣密鼓，布置着工作生活，挥洒汗水，态度积极如同活在和平时代。这不是幻觉也不是逃避，他用自己的行为，来表示他对生活的态度。在他的眼里，病人就是病人，没有士兵与俘虏之分，没有达官与娼妓之别。

当赤城医生用他风格化的肢体动作，穿梭在海边小镇时，《肝脏大夫》的女主角园子，以沦落人、被救济者、护士助手和爱慕者的形象交替出现。先于她的人物性格，你首先会被她的身体语言吸引。阳光底下，她的肌肤黝黑有光泽，上面似乎沾了一层薄薄的汗，也可能是咸湿热乎的海水，立马会被风带走。园子是穿上艺伎和服会大喊“热死了”的海边渔女，她生来就适合袒胸露腿的短装，自带不羁的炎热气息。她手执鱼叉，立于船头，要为心上之人捕猎上一头鲸。

21世纪是女性的世纪。说这句话的今村昌平以吃喝嫖赌的好色老头自嘲。他电影里的女性，坚韧、自立，动不动就露出白花花的胸部，不带任何羞耻之感，也不带掩饰。《肝脏大夫》的园子和老板娘都是这类生命力旺盛、涌动着荷尔蒙、无惧于男性的勇敢角色。在她们的身体面前，战战兢兢要上前线的青年，“太年轻”的军官，一个个都像抓耳挠腮的猴急小孩，口是心非，“硌硬”到不行。

电影节奏欢快，并非苦大仇深的反战面目。赤城医生周围，还有沉迷吗啡的外科医生同仁、酗酒纵色的和尚术师。他们也在用自己的方式与战争对话。救助脱逃的荷兰士兵俘虏时，这帮人组成了人道主义同盟。在德语交流中，在电影放映机的弧形灯下，为一个共同的目标，紧紧围绕在一起。超越语言，不顾窗外的战争世界，借助电影机器的光亮流明，去寻找那些看不见的东西——这正是《肝脏大夫》要传达的乐观主义的人性立场。

肝炎的病原体可以在显微镜下现形，而战争狂热作为另外一种传染病，是看不见的精神病毒，让日本士兵像野兽般虐待着荷兰战俘，拿人类活体做细菌实验。

《肝脏大夫》没有过多渲染战争的恐怖，而是以老太太执竹枪的刺杀演练为讽刺。不美化人性，也不粉饰历史。原子弹爆炸后的蘑菇云，被描绘为日本病体上的肝脏肿大，亦接力了今村昌平在《黑雨》后的二战历史叙说。

赤城医生主动要求入伍，是《肝脏大夫》最奇怪的一幕。一些人不免生疑：赤城不是彻底反战、唱衰皇军的那个人吗，怎么突然要求从戎当军医？事实上，精神崩溃之下的反常之举，令医生的人物形象更见真实。他过着没有家庭，不问女色，只与病毒细菌打交道的紧张生活。俘虏事件之后，他的精神与体力都严重透支。如此这般，他愿意束手就擒，就不无来由。正是连这样的请求都被拒绝后，他又一次被上门求医，方才意识到先于父亲、子民等人生角色，先于医学科研等追求理想，先于战争和任何事物，他首先是个风里雨里都跑不死的家庭医生。这是职业精神，也是立身之本。只要能跑，他就还是一个医生。他还活着。

你就是骑这破玩意儿来找我的？

《史崔特先生的故事》

如要评选公路片的最佳开头，我会选大卫·林奇的《双峰》。

很遗憾，它不算电影，更不是公路片。大卫·林奇拍过几部公路片，风味最独特的，是《史崔特先生的故事》。

史崔特，即“straight”，直的意思。电影很直接。听说哥哥病重快不行了，年事已高的弟弟，放下了昔日反目的宿怨，采用了最直接的做法，骑着一台除草机上路了。目的地，是几百公里外的哥哥家。结尾处，太阳就要落山。哥哥见到了弟弟，他说：

“你就是骑这破玩意儿来找我的？”

这故事，与赫尔佐格的《冰雪纪行》异曲同工。当电影文化工作者洛特·艾斯纳病危，听闻消息的赫尔佐格毅然决定，徒步从慕尼黑出发，走到巴黎，去探望艾斯纳。这是一个向上帝祈祷、跟苍天借路的行为。赫尔佐格笃信这么个事：只要自己能走完这趟路，那么，艾斯纳也能化险为夷。

硬币有双面，美好的信念，也会变成无果的执念。《宝藏猎人久美子》，讲一个孤独的日本上班族久美子，她最爱的电影是科恩兄弟的《冰血暴》。久美子坚信，电影里埋藏在马路边的百万美元一定存在，她决定去明尼苏达州寻宝，她要走自己的那条路。虚构的故事，引发了真实的冲动，夹带着心碎的声音，宛如一条凌汛期的大河。

我很喜欢这部作品。它被称为最不像大卫·林奇作品的作品。林奇擅长制造噩梦和变态世界，人物故事都是以非正常逻辑行进的。他说，《史崔特先生的故事》是自己最具实验性的一部电影。言下之意，也就是最正常的电影。

看这部电影，从头到尾就是一个敞开、感受、爱上大自然的过程。它按照老先生的实际移动路线，从艾奥瓦州的劳伦斯，拍到了威斯康星州。电影采用正序拍摄，大部分是外景。几乎每一次转场时，《史崔特先生的故事》都会拍到美国中西部广阔的农场与麦田，小镇酒吧的红外墙，五彩斑斓的森林，还有穿过密西西比河的铁桥。

自然流淌的音乐，翻涌出来的记忆。把木棍捆一起就折不断的从前故事，家庭变故和战争创伤，都说不上新鲜。听老头慢吞吞讲出来，你会发现，人生就这样子。变老后最糟糕的，就是你还记得自己年轻的时光。一个人身上的故事，听起来和另一个人的，大体差不了太多。到了一脚踩进坟墓的年纪，什么都变得不重要了。又仍有一些东西，是非常重要的，重要到老先生一定要赶过去，看哥哥一眼。

林奇擅长表现百无聊赖的生活状态。长时间不说话的美国乡下居民所过的，绝不是想象中盖茨比所打造的光鲜亮丽的资本主义生活，而是枯燥，单调，无聊，却又活在美好的上世纪（史崔特先生的经历就是一个世纪）。每个人物的脸上，都写满了自己的故事。电影只通过一通情绪（开车女人），一次闪回（女儿），一个特写（修车双胞胎），就把他们的故事给说了出来。

《史崔特先生的故事》的星空，固然是哥哥和弟弟的童年往事，观众不知道他们为什么吵架，只知道曾经的记忆很美好，和家庭有关，和父母亲的农场有关。虽然回不去了，但是，史崔特先生很怀念它们。

星空是无数人类生命的汇集。有的闪亮，有些发着弱光，还有些被黑暗所吞噬。所以，茨威格称人类史为“人类的群星”。维斯康蒂在《豹》的结尾感叹：“虔诚的星星，何时我才能远离尘世的一切，在永恒不变的世界中得到永生?”就连超级英雄爆米花片《X 战警：天启》中，当 X 教授用主脑连接外部世界的时候，都看到每个人类生命都在发光，就像一个 VR 宇宙。我们敬畏星空，因为它在我们头顶，画着单凭你肉眼所无法察觉的星轨。星星的背景，是黑暗却深邃的宇宙，是未知与神秘，更是令人敬畏的迷人存在。

《史崔特先生的故事》，事关生命和生命之间的契约与联结。那种秘密，正如你在野营的时候，除了篝火的温度和黑暗的形状，还能闻到的木料燃烧的香味，听到的不时的爆裂声，听起来都是兴奋的。四面八方的虫鸣鸟叫，窸窣议论一些人和事，奔涌上心头。

久居城市的人们，有的选择了更加封闭自我的宅居，有的选择了枯燥的重复，满足于消费，享受一切。人们更容易认识另一个人，又拼命制造误解，不时互相攻讦。《史崔特先生的故事》把人带到“当你老了”的时刻，带去情感的远方。即便你不曾在乡村生活，也会在宇宙星空和地面人类的对照中，找到关于生命的卑微满足与幸福。

无独有偶，黑泽明执导的苏联电影《德尔苏·乌扎拉》中，出现了一位中国老人。在《阿尔谢尼耶夫的一生》的原著中，这位老人的出场和退场，连作者都没有做好心理准备。

这位老人叫李淳宾，天津人士。年轻时，因为一个女人，他跟弟弟还有家人起了矛盾。一怒之下，越走越远，躲进了乌苏里的莽林中，过起不问世事的隐居生活。见到俄国考察队一行人时，几十年后的他，已是白发垂暮。一夜无眠后，老人决定只身离开，立即出发，回千里之外的那个家。

他的家还在吗？他的家人，还会接纳他吗？他能有走到家的那一天吗？

没人知道。重要的是，他想起了这一生的样子。他决定回家。

我要像个念叨不休的老人家那样，再复述一遍《史崔特先生的故事》的故事（即便我一再声称它真的没什么故事）。电影讲一冥顽老头，非要开着除草机拖车，赶上几百里路，去山那边的翻过脸的哥哥家。

一个快走不动路了，一个中风在家，两个老头，总算见上了。

“你就是骑这破玩意儿来找我的？”

电影结束。

拥抱 80 年代

《站台》

巴统位于格鲁吉亚的黑海之滨，城中有个雕塑作品，名为《男与女》。每天，两座站立的雕塑，会开始旋转、移动，穿越对方的身体，然后孤独远去。周而复始。

对于这座雕塑的含义，许多人都知道它的出处——一个爱情悲剧。然而，当在夕阳下注视雕塑时，每个人的实际感受却不尽相同。

有人感到安慰——即便知道会分开，他们还是义无反顾地走向了对方。有人感到悲伤——美好的爱情之于人生，往往仅留存拥抱交身的刹那。

重看《站台》，我想起了这座雕塑。这倒不是因为电影里嘶吼的那首《成吉思汗》，大汗铁骑，踏至东欧黑海。

当时，电影里的录像厅，正在播放一个新婚知识之类的两性教育片。自带优美配乐，线条小人魔幻，一板一眼的解说词讲道：

……体位的变换是不需有所避讳的，当两人彼此相爱时，任何体位都是理所当然的。而且，尝试各种做爱的方法，也是提升爱的手段之一。男性上位是一般相爱男女最自然采用的体位。女性仰躺着是被动的姿势，而男性在上位具有主导权，是攻击性的姿态。

我错以为，《一一》也有类似的一堂生理知识课，就是洋洋看一个科教片，大女孩进来那段。一番查询，我发现没有两性教育，而是科学普及，解说词是这样的：

……他们的舞越跳越高，不知不觉地把自己就变成了小冰粒，然后穿过云层，飞向地面，在这飞翔的过程里，小冰粒在空中留下了正电，把自己变成负电的雨滴，两种对立而又相吸的能量，在小雨滴冲向地面的同时不断累积，互相越来越不可抗拒，终于在一个闪电的瞬间，正电和负电又激烈地结合在一起，这就是雷。我们地球一切的生命，应该就是闪电创造的，科学家相信四亿年前的一道闪电，创造了第一个氨基酸：一切生命的最基本单位，这就是一切的开始。

《站台》不只是一部爱情片那么简单。正如再看的我，会把它看作一部青春片，悲伤缠绵，余韵未了。夜晚空荡荡的税务局会议室里，正给花浇水、收拾东西的尹瑞娟，听着收音机里，播放一首歌曲，它是送给某三位听众的，其中一位，是平遥柴油机厂技术科的李端阳同志。

穿黄毛衣的赵涛，伴着《是否》，在一管日光灯之下，军绿色的背景中，起舞，跃身，旋转，这被誉为《站台》最打动人的一幕。

《一一》里，日本人大田说，小时候家里很穷，但音乐让他相信，人生会是美好的。NJ 深以为然，说以前父亲每天都在听音乐！他很讨厌那些音乐。但 15 岁的时候，他初恋了。突然之间，所有那些音乐，他都听懂了。

20 世纪 80 年代，就是那样一个年代。你突然听到广播收音机里，传来了不一样的音乐，邓丽君、刘文正……许多年轻的中国人——无论是在南方沿海，还是在华北小城，发现自己都听懂了，从旋律到歌词。有思慕、惆怅、愤怒和孤独，人们找到了忠诚以外，属于自我心绪的诸多形容词。

《站台》里尹瑞娟的独舞，它包含了两层意思，可能又不止于此。

其一，尹瑞娟情不自禁，沉浸于过去在文工团的工作回忆。

这首歌，是从乐队组合的敲击旋律开始，经过崔明亮的哼唱传递，变成了收音机的节目，被尹瑞娟听到，又飘荡在汾阳的古老街道上。无论是依然热爱文艺的内心，还是已经熄灭了的理想。有看不见的东西，在这个场景中被唤醒了。

其二，观众对这代人的情感投射，在退出的尹瑞娟、解散掉的文工团年轻人身上，听到了心碎的回响，短暂的自由幻梦——忍住胸口的泪水。

穿插流行歌曲，被认为是贾樟柯作品的一大标签，有人认为是拿来就用，简单省事。即便是新潮风范的《路边野餐》，毕赣把玩、施放情感大招所用的，还是烧制好的台湾民谣金曲。

歌曲的反复穿插，固然是点提时代的利器，但更重要的，如同《小武》里的《心雨》，当《站台》里的年轻人听到歌曲时，无论蠢蠢欲动还是情难自已，都会相信：人生是美好的。

事情正在起着变化。“花花世界真好”，在从广州寄来的明信片上，张军这么写道。

《站台》是从刘少奇平反的1980年开始的。从社会开始解冻，再到《渴望》热播的1990年结束，所有人都去听毛阿敏在电视里唱歌，没有人看文工团的走穴演出了。

电影前半段在汾阳小城发生，后半段开始了在山西、陕西甚至内蒙古的四处流浪（悄悄呼应了片头处的《流浪者》）。不断出城、回城，唱着《站台》的年轻人，也是没有见过火车，后来又追着火车跑、目送火车远去的年轻人。

他们发出“轰隆轰隆轰隆轰隆，呜——呜——呜……轰隆轰隆轰隆轰隆，呜——呜——呜……”的呼喊节拍，又在开水呜呼呜叫的声音中，结束了80年代。整部电影形成了“每当变幻时，便知时光去”的一咏三叹，令人感慨：身在中国，唯有变化才是永恒。

贾樟柯的电影，被认为是具有文学性的。这不仅反映在了片名的一语双关上。《站台》是一首歌，也是一个名词象征——即便电影从头到尾，根本没有出现过真正的站台（直到1999年，汾阳才通了火车）。

除了歌词旋律，片中也会出现“一个朋友——普希金”的调侃，甚至包括后来贾樟柯电影必备的超现实段落。

《站台》的结尾，是一个有些跳跃的镜头。崔明亮和尹瑞娟好像结了婚，在一起生活。就像片中唱起改了词的《年轻的朋友来相会》，老婆七八个，孩子一大堆。

这个镜头，与之前崔明亮到尹瑞娟家里谈心抽烟的镜头，形成了既视感的蒙太奇。在城墙上张望的崔明亮，知道尹瑞娟家里养了鱼，以至于尹瑞娟怀疑，他之前是不是来过了家里。

这个结尾，并不是想当然地以走入庸常碌碌生活作为结束，而是变成了崔明亮或尹瑞娟的一个清醒梦。考虑歪倒在椅子上睡觉的是崔明亮，《站台》结束在一个梦中——就像你从来不记得，梦是从哪里开始的。更多的文学性，是那些在汾阳、大同还有山西其他地区浪荡行走的小人物们，比如二勇、韩三明，还有赵涛、梁景东饰演的不同角色。由同一个演员，饰演不同角色，做着相似但不尽相同的事情（找妻子、找丈夫），这在奈保尔的《米格尔街》、黄锦树的《雨》作品（一号至八号）中都有相同的文学笔法。

《站台》的野心，既有从改革开放全面铺开到2000年（也是电影拍摄完成的年份）的时间跨度，也有温州发廊所寓意的——这温州，离广州还有400公里呢——地理上的跨度。类似的跨度，贯穿了贾樟柯的导演生涯。

曾经“有共产党养着”的文工团，走到差点无人承包，最后无人观赏的田地，团员远走，人生离散。与此同时，汾阳小城里不断发生的新鲜事物，是喇叭裤的出现，烫头的兴起，流行音乐的到来，人们抽烟、放磁带、打麻将、喝健力宝、穿皮衣、买洗衣机、下馆子吃饭。

文工团也从表演革命歌曲，过渡到了轻音乐，甚至易名“深圳电声乐团”，摇滚、霹雳舞、迪斯科，怎么劲爆怎么来。

对比《站台》的首尾处，色彩变得丰富，一目了然。古城改造热火朝天，似乎在等待更大的变革。文工团承载的对文艺的热爱与对梦想的追逐，显然是代表了个人意识和个体意志的觉醒。喇叭裤与健美裤，更是引出了年轻一代在身体、衣饰和发型上的解放，誓要与上一代，还有之前三十年，完全不一样。

当文艺变成了个人的喜好，并且有了选择的自由，那么，接踵而至的流行歌曲、粤语歌的出现，无疑是对过去常见的文艺模式的一次挣脱；而堕胎与查旅馆等几处段落，似乎也在暗示着，个体的解放，依然不是没有边界的。

崔明亮与尹瑞娟、张军和钟萍，这两组情侣的爱恋情愫，是《站台》群像组合的基础。对比剧本和成片，可以发现双胞胎本来占有更多戏份，结果都被拿掉。在尹瑞娟消失的后半段，如果引入更多人物——尤其是已经有了韩三明这样抢眼的角色出现的情况下——观众势必会在频繁的省略留白中，失去焦点对象。更何况，《站台》以固定机位和长镜头为主，缺少近景和脸部特写。

话说贾樟柯极其喜欢费穆的《小城之春》，80年代的爱情，既有崔明亮与尹瑞娟的发乎情，也有张军和钟萍的踩油门超车。

表现崔明亮与尹瑞娟的内心进退，《站台》有两组回合交锋，积雪的冬天与一片土黄的夏天。

当城墙挡住了崔明亮与尹瑞娟其中一人，他们反复走位，变化着位置，你左我右，你右我左。人们很容易以为，他们会在镜头看不到的地方，发生着什么，喜欢，轻吻，快跑。结果一点小甜蜜都没有，只有千年如是的古城，一堵不会有回声的消音墙。

另一次是“你说的都没错。错在哪儿你知道吗？你说得太晚了”。

崔明亮站在了城墙门洞形成的圆框里，尹瑞娟站在了右边的暗影中。明与暗的对比，牢不透风的城墙，再次说明两个人的情感无路。

可以形成前后对比的，还有等来了电的舞台上。黑暗中，灯亮了。文工团唱响起《在希望的田野上》，画面上是人头攒动的村民。紧接着，在荒野空无一人的冷色中，崔明亮在一摊油污中，点起了一团猛烈燃烧的火。

贾樟柯在《站台》中创造出一些近似《风归来的人》和《恋恋风尘》的侯孝贤时刻。譬如崔明亮与二勇，带着双胞胎去街上淘货，被人伏击殴打。根据故事逻辑，滋事者应该是演出时被崔明亮打耳光的台下小混混，但电影并没有做交代。

打架的发生，看不见。打架的过程，大远景。这很侯孝贤。

还有许多影迷津津乐道的，韩三明的 5 块钱。后来，在崔明亮拿给文英的时候，它变成了 10 块钱。拿着生死状下矿洞的矿工，大字不识。他走的路，与崔明亮跟着文工团的流浪之路截然不同。但两条不同的路，却在十块钱出现时，产生了画面以外的深情。

双胞胎姑娘被几个野老汉骗着蹦完了一曲《路灯下的小姑娘》，结果却发现他们并不是要找的站长——一个多么狡黠的玩笑呀。紧接着，两个姑娘像春天的树站在空地上，不想走动，突然起大风，扬沙土，完全是老天爷的垂青时刻。

观众在这时能感知到，后来继续找人的姑娘们，发生了不好的事情，但到底遭遇了什么，电影依然不想给说法。最后，两个姑娘继续跳着她们的《路灯下的小姑娘》，路上并无人欣赏。

《站台》的妙处，在那些需要大银幕放大的地方，比如背景处的时政宣传画，成为海报的“为人民服务”大字，墙上挂着的领袖头像，还有起舞时的报纸架。同时也在那些看不见的地方，比如通缉令，“我们老了，无所谓了”。还有结尾处，崔明亮去拜访尹瑞娟家，背景声是部队的操练。但在迷梦中，背景音又变成了学校的孩童喧闹。

让我们再回到开头的男与女雕塑。

是否，看《站台》的我们，也在重复着拥抱、穿透对方又不断远行的过程呢？

更准确地说，中国人与80年代，何尝不是那样抱有渴望，为之冲动，头破血流，一把火的献身。结果呢，我们穿过了时间，时间远离了我们。我们曾经满怀深情，无限惆怅，时间却不为任何人停留。

当贾樟柯继续写那些发生在中国土地上的变动，从水位线到社会事件，一边是从 20 岁走到 30 岁的我，像周围人那样，强烈感受到身处的国度又要进入另外一段路程了。

人们依然在唱歌，跳舞。

拥抱我们的人
最后/都成为
看不见的背影

想和今敏喝一杯

《千年女优》

看完今敏讲《未麻的部屋》的电影课，真的好想跟他喝一杯！

不用跑远，就吉祥寺附近，找个小酒吧好了——他平时熬夜画完图，经常去的，随便一家。

说来并不是喜欢的导演，就会引发我类似的冲动。原因也不在今敏已辞别人世。像波兰斯基和金基德这种，你最是希望，完全不知道他们的麻烦纠葛，没有现实交集，那更好。昆汀话痨连珠炮，应付不来。听奥逊·威尔斯吹水挺好，可是共进午餐，我胃口有限。库布里克和杨德昌的完美主义，会让我敬而远之。阿巴斯和李沧东言之有物，更是影像与文字的跨界能手，但我只想乖乖地，当他们的学生。可今敏啊，我会想陪他喝完这杯，再来二杯。

电影课上的今敏，正襟危坐。他耐心讲解着电影段落，分享心爱的原画底稿，手动展示赛璐珞（即 Celluloid）动画原理。这些见解和好物，我都是头一回遇着。

他往往不是那么严肃，不时抖搂幽默天分，打趣女主持（助手）。小姑娘有些招架不住，说："老师你体内，好像藏了不同人格啊。"

今敏的音容宛在，伴随着我的观影路程。我曾透过动画影像，去想象背后创作者其人。看到书中文字，会觉得他太爱自嘲，隔一页就挖苦自己一下。《我的造梦之路》还有一行醒目的字，劝年轻人多读书，他本人则反对把漫画当作书来读。即便他出道的身份，是个漫画家。

从今敏准备《未麻的部屋》到《红辣椒》去威尼斯，老天只给他十年。书中有一篇关于他在泡沫年代，选择成为自由职业者的长文。敲下那些文字，他的生命只余下十年。

单看复盘《千年女优》的文字，你会误以为一名创作者，只需要酒，与同好交谈，经过人生沉淀，就可以灵感不断、才思泉涌。对今敏这样的动画作者来说，最难用文字详解的，是不断熬夜作画的过程，以及进度滞后的精神紧张。当你再看到《未麻的部屋》的苦战，不得不感叹日本动画工作者太辛苦。所以当京都京阿尼动画工作室被纵火而死伤惨重时，社会上一片愤慨。

被好莱坞抄袭的今敏

今敏是个影痴，狂热，不折不扣的那种。他去世后，影迷闹了起来，指责好莱坞那边的达伦·阿伦诺夫斯基和诺兰都有抄袭嫌疑。

支持者一方，认为今敏在视频节目上指证，且达伦本人也承认，作品中出现了一模一样的浴室分镜头。但达伦认为这是致敬，还拉着今敏要一块做《梦之安魂曲》的宣传活动。

反方则认为，像昆汀为首的拿来主义，已经不是什么国际新闻。同是一个时代的导演，互相摘来拿去的，只要无伤大雅，不是全盘抄袭，大可不必那么较真。半个世纪前，黑泽明和西部片互相学习的故事，是个影迷都略知一二。

更有人拿《红辣椒》里警察大叔的电影梦来做案例。今敏也几乎一模一样还原了《人猿泰山》《007》《罗马假日》等电影段落的分镜。那请问，这是不是致敬或抄袭？

我觉得完全不是。这正是今敏痴迷电影艺术的表现，正如他所尝试的元漫画。电影、电影院、电影场景，是作为完整的创意，铺设在电影里的，它起到梦境治疗的作用。换言之，电影真正闪光的点，不在这些通往不同摄影棚的电梯层，而是“红辣椒”皮囊之下的敦子，是巨物恐惧症的终极对决。

同理，千代子在《千年女优》中穿越经过不同片场或电影世界，又是小津又是黑泽明，又是满映又是特摄片，它们本身虽精彩感人，但并不成为戏的魂。真正的人物核心和情感推动力，是一直在奔跑的千代子“那个追逐着他的自己”。

今敏本人很诚实，主动罗列自己参照的许多片子。对未完成的《造梦机器》，他给剧组人员，开了一份100部电影的清单。我斗胆认为，今敏并不在意达伦或者诺兰的作为，只要他们承认就好了（达伦联系过翻拍事宜）。毕竟，好莱坞从日本电影那里，拿了太多东西。

没有了今敏的世界，冲浦启之再也等不来今敏的江湖救急。大友克洋又推出了《短暂和平》（*Short Peace*）。我看的时候，一直在想的，却是有着《她的回忆》的《回忆三部曲》（*Memories*）。

千代子的倒带人生

《千年女优》之绝妙，在于你可以把它视为爱情片，而往大了去，它是讴歌日本电影的大制片厂时代，缅怀昭和女优的电影之歌。

然而，放置在今敏作品列表中，影片不过再次印证了他对现实的另一面，以及虚实相交、谁幻谁真这回事的如痴如狂。《未麻的部屋》是关于幻想和现实的，《千年女优》关于记忆和现实，《红辣椒》关于梦与现实——今敏一直通过动画创作，去阐述电影与现实的关系。

时间本是线性的存在，是永远在奔跑的千代子死活追不上的钥匙君。时间不为任何人停留。今敏巧妙地把原是终点的死亡，本该消失、注定要遗忘的记忆，也变成了电影。如此一来，《千年女友》就是一座由电影组成的记忆迷宫，随便打开一道推拉门，它会自由穿梭，循环往复。带着“她的回忆”而去的千代子，通往宇宙深处，完成永生。

《千年女优》依然有今敏惯常使用的匹配剪辑（许多精彩的混剪视频也是类似思路）。片头曲部分，社长二人组出发，去见隐居的千代子。他看着车窗外作飞逝状的风景，另一面是不断划过的电影画面。电影从远空的飞机切到了外太空的宇宙飞船。当港湾的轮船传来“呜——呜——呜”的汽笛声，电影画面是千代子搭乘的轮船正要启程出发。车子在铁路道口，等列车经过，“噔噔噔噔”的提示声音——千代子正在电影里追赶火车。如此反复不断，在现实与电影之间切换，电影画面既是真实存在的载体，又是社长所思所想的投射。十几年间，光是《千年女优》这一段，我就看了有几十遍。

要知道，千代子追忆自己的一生，既为了不断追逐奔跑的自己，还有一股推动力来自做采访，归还钥匙。有着电影狂热粉丝面目的社长——这个动辄情难自抑、热泪盈眶的粉丝，终于一洗《未麻的部屋》的阴暗——由尾随的偷拍狂，变成推动故事前进的引擎。

片头曲之前，社长倒带了千代子的电影作品。倒带操作在今天，变成了罕见的手动操作。录像带和光碟时代，倒带与快进是捕捉重点、循环再现的手法。如今观众在 Netflix 之类的流媒体，已经体验不到了。要么只能拖动，要么暂停。

倒带也是《千年女优》看不见的那些匹配剪辑。当千代子回忆自己的从影生涯，开启她的渡世日记，这本身就是一次人生倒带的过程。

电影里还散落着地震、莲花、钥匙等信物，它们不理会时间和空间的变化，伴随着千代子的旅程而存在。你也可以按图索骥，继续发现算命先生和纺车老太，白马与黄包车，等等。

她的生命，就是电影的生命

1923 年关东大地震时出生，“父亲用自己的生命换来了我的生命”，后来加入银映公司的藤原千代子，原型到底是哪位日本女明星呢?

我认为，她集合了息影隐居的原节子，差不多一个时间段出生的高峰秀子，还有自嘲的扁鼻子，演技千变万化、形貌相对寡淡的田中绢代，加上《蜘蛛巢城》的山田五十铃和《罗生门》的京町子（2019年去世）……总而言之，千代子就是昭和大女优的合体形象。她们大多在20世纪50年代，日本电影的黄金时代，迎来电影事业的最高峰。

最有辨识度的一些电影片段，除了黑泽明的《蜘蛛巢城》和《战国英豪》，还有来自小津安二郎的《东京物语》和《晚春》，掩面的原节子，奉献了女神级的演出。以及木下惠介的《二十四眼睛》，沟口健二的《西鹤一代女》，小林正树的《人间的条件》，成濑巳喜男的《浮云》……日本到1951年才拍摄第一部彩色电影《卡门还乡》，黑泽明要到1970年才完成第一次彩色实验。《千年女优》所涉及的片子，基本上都是黑白电影。今敏通过“上色处理”，也欺瞒了不少人。

试想如果是真人电影，光千代子穿越过的一幕幕电影，涉及战国时代、幕末死斗、明治维新、大正时代、战争烽火、时装爱情、科幻未来……从预算角度来说，砸重金还原都不一定有效果；而买版权，更会让制作人头大如麻。

今敏彻底放飞了想象力。除了电影片段，片史还使用了照片、平面画和浮世绘的背景穿插。虽说动画片表现起人物的情绪变化，脸红、紧张激动之类的当下心境，多少自带幽默效果（比如涨红脸的社长），但今敏不时提示观众，动画片也是有光源的。光与色调的变化，也是预示主人公的变化。像少女青春时代的大雪纯白，到了爱火焚身时，就变成了红色夕阳和火光冲天。

社长二人组不仅在千代子的讲述现场，也置身在电影片场。最后索性神不知鬼不觉地参与到故事剧情之中。追逐火车远去时，《千年女优》第一次提示观众，这既是千代子的故事，也是她主演的电影。自此开始，奔跑与寻找，穿越电影时空，成为电影主题。

千代子涉猎了爱情片、时代剧、国策片、忍者片、动作片、剑戟片、战争片、怪兽片、科幻片等类型，她以学生、公主、妃子、艺伎、忍者、护士、难民、女儿、主妇、宇航员诸多银幕形象出现。

"这一幕让我哭了53次"，"用那种烂台词就想赢得她的心"，二人组的评论音轨，不断间离故事，另一个自己——年轻时候的社长——的出现，还有拍摄现场，打破第四面墙的操作……《千年女优》似乎采用了冲突矛盾的做法，一边阻断观众的移情，另一边又不断堆叠生离死别、激战正酣的高潮，叫人喘不上气。

与《未麻的部屋》相似，今敏再现了影视作品的拍摄现场。

千代子最初，也对演员职业不无忧虑。后来更有喜欢指导女演员的电影人，带有敌意的大牌女星。一些人物对话，像是从空旷的剧场上传来的，也可能是还没有完成混音的电影片段。

丢下钥匙和一句“我们会再相见”的钥匙男画家，从一开始就是看不清楚脸的存在。千代子追逐他的背影，最后连他的样子都忘了。相较之下，重要配角刀疤脸（老宪兵），出现六次、噩梦般存在的老婆婆，脸上有一颗泪痣的千代子，辨识度却很高——即便这可能是来自穿越不同电影的需要。

在我看来，把《千年女优》视为爱情电影，更像是来自异世界的呼唤。毕竟，这部电影有句动人的情话：明天才是满月，可我更喜欢今天的月亮。

重温今敏电影的那一幕幕，多希望有再见的那一天。追逐幻影的千代子，和追逐电影的我们，前赴后继踏上同一旅程。为这遥远的路程，真的想和今敏喝一杯。

在电影里死去，在电影里永存

《春夏秋冬又一春》

1

金基德去世了。

死于新型冠状病毒肺炎，死在了拉脱维亚首都里加。

他是一名韩国电影导演，却自认是“忠武路孤儿”。他打小就饱受暴力对待，又抓住契机，奔赴欧洲，自学成才。绘画、电影，诞生于欧洲的艺术，收留了他，也成就了他。丑闻、流行病，他在本土无立足之地，最终也永远留在了欧洲。有人悼念他，有人恨不能将他戮尸讨伐。更多人，接受他无可推卸的错与罪，也接受他的电影，以及死亡——不论好坏、美丑或贫富，现已平等归土。

我看金基德的电影，拉拉杂杂，居然长达 18 年。这人生半篇，细说从头，始于我的大学。杭州、松木场、电子市场、结识朋友的电影论坛，一个在时光中陨落，在菜单上隐去的淘碟年代。一帮年轻人，约得周末闲暇，出没于贴着封条的街巷小店，凭接头暗号，方可进出夹层密室。

也是从 2003 年开始，本书后面出现的电影，都是与我的人生同轨同步。快的，像香港电影和韩国电影，公映三个月到半年后，便能看到。我就这样，遇见了金基德和他的电影，《坏小子》《漂流浴室》《撒玛利亚女孩》《空房间》，还有《春夏秋冬又一春》。

当时的韩国电影，也在茁壮成长，分殊各异。门派林立、争抢山头，天下武功唯快不破。金基德以他的快手、高产，一诱一吓，技惊欧洲三大节，也俘获一大批影迷喜爱。

那会儿，并没有三大节导演一说。金基德以其作品中的情色、裸露和暴力，被众多片商冠以“三级片导演”称号，谬误就此产生。三级片是个专有名词，适用于香港电影检查制度，常被视为用于挑逗与愉悦，如同青春期少年，学大人模样，狠狠抽上一口烟。金基德的电影，题材大胆，却叫人难受，不无痛苦。换言之，在那个启蒙阶段，包括金基德在内的许多电影人，冲击着年轻人的电影观念。原来世界不是二元论、非黑即白的。一道刺眼的白光，穿透三棱镜，会产生七彩光。从所见的自然现象，到所持的思考想法，电影充当了那道棱镜，让我们从更多角度，以不一样的眼光去看周围世界。

《春夏秋冬又一春》在其中尤为特别，它简洁、抽离和静谧，遁世离俗，无限接近金基德最能为主流大众所接受的阈限。大众既定印象中的金基德，是国际知名电影导演，殊不知这只是其中一个象限。如果说，金基德也有慈悲心，如今许多人未免惊诧。可事实，当年看电影，影迷无不会有此联想。金基德，也是从一个懵懂孩童，变成了热血青年，又犯下暴力之罪，罹患抑郁症，接受内心监狱的煎熬——游荡中国、出走里加即是表现。贯穿金基德这一生的，是苦与恨。他像所有人那样长大，却被歌里的郎君，现实中的父亲与祖国，原乡和故土所抛弃。这才是他反反复复吟唱悲鸣阿里郎之歌的原因，一个被抛弃的人，可怜白发生。

2

厚重的山门，不推自开，讲起了一个永远不会结束的故事。老和尚与小和尚的寓言，舞台戏剧一幕一幕开场。云蒸雾锁的自然之力，取代了美术制景。鱼蛙蛇鸡猫狗，万物为道具所用。无墙之庙，无壁之室，又若不系之舟，天地不仁以万物为刍狗。须知今日庆尚北道的注山池，湖中并没有一座寺庙——它全然是为拍摄电影所打造的。而庆尚北道，正是金基德的故乡。他还有一位老乡，名字更如雷贯耳：李沧东。

追溯起当初印象，电影里的寺庙，有模型感。这倒不是说它的材料与质感，缺少淫雨的磨蚀、朝露的透沥、水气的浸染。相反，这座寺庙甚至有蠹虫与劫火的痕迹。我所产生的模型感，大抵来自现实生活。在闽南故乡，寺庙屋顶华丽多彩不说，基本上，殿堂空间是只属于佛像的。换言之，那是神的空间，不是凡人的容身所在。守庙人，基本上只能另住偏房侧室，人神有别。金基德把老和尚与小和尚的起居日常，都安放在小庙之中，却不表现更多的生活安排。比如他们该怎么做饭，又如何出恭。我理解的模型感，恰恰在其为避世修行的合理所在，又远离现实，打破人与神的屏障，成为一处想象中、只能在电影中存在的空间。

后来，我又看了胡金铨的《空山灵雨》和《山中传奇》。由于拍摄取景的制约，韩国寺庙所带来的非真实的梦幻感更为强烈。电影里，海印寺、佛国寺、传统村落民居、李氏王朝宗庙等外景地，共同组成了虚构的空间，恰如明朝的三宝寺，生出侠义志士掌故，聊斋奇谈。

除了寺庙的精心安置，金基德的画面意识，也体现在他的画家笔触上。纵然注山池一直是摄影家和旅行者的心仪之地，然而，金基德对框内元素的把握能力是惊人的。人被山体绿意所吞没，人与佛像的多番比对——这种画笔意识，显然是来自西方绘画的透视法，而非东方山水画。金基德更惊人地融入了宗教元素，大概是观音佛像，与西方教堂的圣母像无异。佛像并不奉于高台之上，只接受香火烛烟的熏陶，而是可随时携抱，近乎一体感的通灵存在。如此，我们就明白电影里的佛与禅，只是金基德所理解的佛与禅。事实上，这东西人人都略知一二，又都难说真正了解其真相。

金基德的聪明，在于其电影削砍了无关枝丫，任由主干生长。他不会让角色开讲感悟，而是用身体行动去表达。观众也不依赖对白，在湖光山色的写生中，邂逅着默片般的体验。不需要有人引路、撑渡、敲门、讲解，我们以灵性之物的全知视角，被自然包围，生活于其中。

3

《春夏秋冬又一春》之后的许多年，我在酒席八卦间，听闻金基德被韩国电影人不齿不屑的轶闻，相当震惊。再后来，电影节上遇见，只见他略显邋遢，像被野火烧过又烧的一丛杂草——彼时他宣称放弃了电影，也不在意形象管理。

同许多影迷一样，我通过《春夏秋冬又一春》之类的盗版碟，又通过《漂流欲室》的网络下载，还有他在国际电影节的大红大紫，记住了这个韩国人的名字。

现在若要盖棺定论，我会把1996—2008年视为金基德的前半生，2008—2020年则是他的后半生。

默默无闻，积攒着力量，他以速成创作模式，赶上了韩国的黄金时代，有如一把凶器，鱼骨或高尔球杆之类，刺进了韩国电影的躯体。电影产业没有在票房上回馈于他，却提供了遴选机会，令他有了知名度。最重要的，他在国际上，代表着韩国。讽刺的是，只有当他弱化暴戾气息、尝试解下背上的磨盘巨石时，《春夏秋冬又一春》和《空房间》这样的片子，才能广受好评。我曾经这样理解金基德的前半生。

相反，到了《时间》《呼吸》和《悲梦》，金基德失去了养分与灵感，徒留自虐和疯狂的形式，把玩符号，概念先行，制作粗陋，自我失陷，陷入离群索居状态。

金基德后半生的作品，我无法评价。他曾把男男女女关闭于玻璃容器之中，到《阿里郎》时，他就把自己关在了帐篷里面，与外界隔绝。到了《圣殇》《莫比乌斯》和《人间，空间，时间和人》时，已经荒诞绝伦。更荒诞的是，《圣殇》依然获得威尼斯电影节最高奖。总之，最近十年，再也没有我喜欢的金基德作品了，除了那部他口口声声要干掉自己的《阿里郎》。

《阿里郎》肆意暴露着金基德的自闭、自卑、自恋、自毁、自说自话，还有半夜鬼敲门。最要命的是，这个异类即便沦落到只能与自己相处，依然要变身出另一个自己，好拿镜子端照。他对三大节的参展经历，如数家珍。他骂骂咧咧，大飙脏话，像一个被扇被锤的负气评论家那样，写下了对自己作品的总结陈词：人生就是自虐、施虐和受虐。只需把握这三个关键词，你就能读懂所有金基德作品，就像金基德读懂了他自己。所以，早于金基德死了这件事，他已经在电影里尝试着，把自己杀死了。

而我所喜欢的金基德，已经在电影里死掉了。

4

金基德看起来不像个导演，而更像一个碰巧会拍电影的体力劳动者。上帝是公平的，给予了他才华，还有机会。

大多数导演，只有十年左右的才华可挥霍。上帝依然公平，因为金基德也不例外。

今时今日，我所看到和理解的金基德，绝不同于大学时代我与朋友在淘碟路上津津乐道的那个坏小子。我相当欣赏金基德的拍摄模式，他甚至比洪常秀更加神奇。洪常秀因为花边丑闻而出圈，金基德因为“me too”运动中的丑闻社会性死亡。这是电影以外的事情，却也会反馈到他的电影之中。不少人还是会坚持，电影只是电影——我可没有时间去搭理他那不清不楚的诉讼。人生嘛，难得糊涂。

问题就出在这里，人的生活不可能只有电影。更何况，韩国电影圈并不是没有“温良恭俭让”的电影人可供崇拜。忠武路对金基德的真实排斥，绝非轻视野路子。毕竟，他们还有李沧东、奉俊昊、朴赞郁、洪常秀、林权泽、罗泓轸……

看电影，可以让我们接触生活与命运的更多维度。而金基德的歹劣之笔，并非他的主要事迹。毕竟，没有人是因为一个导演强奸女演员而去主动记住并喜爱他的作品的。那样的人，他首先只会是一名罪犯。我们该庆幸，更多人还是通过电影本身，知道曾有一个韩国人，是那样思考和做事的。他不顾一切地拍电影，惩罚着自己，也侵犯了别人。

我也固执地认为，金基德的心之所在，有一处地方，就在《春夏秋冬又一春》——那个在群山之上，双掌合十，打坐入定，以肉身侍佛的汉子。电影告诉我们：“翻山过岭，路途遥远。”上山，很难。电影没有下山的画面，其实，对于金基德，下山更难。可能粉身碎骨，可能万劫不复。

或许，金基德依本色在电影里出演，也只想在那一刻定格、永存。

但我还是想说一句，该下山了。山还在那里，佛像也在那里，但你的生命不会。

第二道门

《蓝色大门》

重看《蓝色大门》，还能聊些什么？

答案只能是，青春。

电影里的张士豪有许多问题，接近于十万个为什么。

他不停地追问，问题如下：

“你什么意思嘛？”“我有什么不好？”“那你为什么要我吻你？”

电影里的孟克柔，问题似乎只有一个。她需要面对自己的性取向——难度似乎大于其他两位主角人物。17 岁的爱情，往往不需要答案。准确说呢，17 岁也可以不必有爱情。所以她的问题，只会以困惑的形式，继续存在。

大学时候看《蓝色大门》。它对于我，等于小清新自然气息，街头的车阵，台北浓密的绿荫，中学校园操场上的阳光。

这一次，三亚沙滩露天放映。当我站在30岁的位置，回看这部电影，我更关注的，是青春期阶段的男生与女生的距离和速度。

距离并不是长焦镜头拍摄的骑行，也不是孟克柔释放的对方可以走近的信息（结果又拒绝了对方）。距离是男与女的试探和较量。张士豪和孟克柔为了躲避巡查的教官，藏匿在衣帽架子后面，蹲踞在泳池边的夜色下。他们漫无主题地聊着天。你会以为他们已经挨得很近，下一幕你发现，他们彼此间还隔有一段距离。以及，面对孟克柔的“主动”，帅刺刺的张士豪，暴露了内心腼腆的一面，不断后退。待到告白被拒，他又变得不可思议的主动。

《蓝色大门》泳池的涟漪，一直漫延到了后来时光，多年不去。每每我看到电影里的夜下泳池，林书宇关于友情散场的《九降风》、谭惠贞超越师生关系的《以青春的名义》，首先想起的，依然是《蓝色大门》的一池子水。

如果蓝色是忧郁，那么，它大致上还是《蓝色大门》的基调，不可避免的青春期与成长到来时，莫名的，心间的小小的忧郁。

许多人看《蓝色大门》，会冒出一处不明白：大门可能是通往成长之路，但为什么是蓝色的大门呢？电影里，好像并没有给出明确答案。

有人也一度猜想，蓝色可能是关于开头结尾、成长以后的人生畅想——地中海、圣托里尼，遥远的美好之类。这样的描述已经远在天边，答案又可能近在眼前。因为学校游泳馆的大门，就是一扇蓝色的铁门。在泳池边，张士豪认识了孟克柔。

速度，是关于成长的速度，发自本能的亲密渴望与追逐冲动。人们认为，大致由于身体发育速度不同，女生的成长会比男生来得早。反映在故事里，就是有着许多问题的张士豪，和只需面对终极问题的孟克柔。

单车街头出现的第一幕。孟克柔冲“情敌”张士豪，投了“原来是这个家伙”的一眼。然后，你寸进，我小挪；你再进，我紧跟。

结尾，《蓝色大门》又强调并重复了一次街上的比赛追赶，再以孟克柔的青春寄语作为结束收场。

在此之前，他们一块被教官点名，去擦拭敷贴在地面上的一纸情书。两个人用鞋去搓踏、踩跺，跳起又气又好笑的小步舞。当孟克柔戴上了“面具”，扮演林月珍喜欢的张士豪，只有回看，你才会发现易智言设置这一幕，不只是一场女生间的游戏那么简单。

还有两次喇叭鸣响，迅速把观众带入校园情境。第一次，所有人都定住不动。第二次，孟克柔与张士豪穿过人群，视周围一切为空气。《牯岭街少年杀人事件》中，Honey 就是在歌声中出场。所有人都站定了，而他，大步向前，单挑老大山东，慷而慨。

好像一直忘了说林月珍，少女的困惑与纠结，更像是青春的白描。一个女孩在青春期喜欢上的东西，会变成她的全部。比如临阵退缩，比如用一支圆珠笔，写对方名字写到尽。从暗恋到单恋，古往今来，有无数凄而美的故事，只是情深不寿。爱情并不是单向的一个人可以完成的运动，爱情是两个人的携手并肩，需要勇气，还有运气，而且，往往还有保质期。好的三年五载，几十个年头。糟糕的，不出半载，就会演化成恶语相向，伤人误己。

不加修饰的桂纶镁和陈柏霖，基本上是以素颜的天然形象，出现在《蓝色大门》中的。反观《那些年，我们一起追的女孩》，九把刀把自己设定为柯震东，就属于美图软件加拉腿弹簧应用一起上了，美化得有些严重。

陈柏霖像重复什么问题一样，不断重复着自我介绍，“天蝎座，O 型，游泳队，吉他社，我还不错哦!”这又是典型的男生心理：我很想认识你，但又不知道怎么循序渐进慢慢相处。有的只会是鼓起胸腔中的所有勇气，自信地推销自己。会游泳会弹吉他，基本上已经代表了校园时代校草级别的存在。

反观十几年后，看着陈柏霖板着苦大仇深脸在电影里扮深沉，我只能说：

再见，再也不见。

反掌人生

《爱情赏味期》

怎么大家都说，《爱情赏味期》是倒叙手法的电影——有人问我。

当时我一听，心想此君是不是来自平行世界。欧容2004年的《爱情赏味期》（当年叫《5×2》），当然是倒叙的片子，它与同样手法的《薄荷糖》《不可撤销》等影片齐名。朋友之间的电影广告词是这句：像伯格曼那样开始，像勒鲁什那样结束。

对方认真的语气，不像在开玩笑。我追根刨底的兴趣上来了。

原来视频网站上公然有载的，竟是一个正序版的《爱情赏味期》！想起来，原定当年法二区碟片发行，欧容提供了一个正序素材，充当花絮内容。当年各厂牌费尽心思，提供戏院版没有的好料，令顾客出手，不想十几年后，花絮取代了正片，让一群东方的影迷云里雾里。看了个假电影不说，里面的露点戏，不管正着还是反着来，都被处理得一干二净。

太荒谬了。一部电影正片，被花絮样片所取代，就连花絮本身，也长了斑，发了霉。

法国的昆汀·杜皮约在他的《鹿皮》里，设置了一个爱好剪辑的电影迷妹。她最热衷的事情之一，就是把《低俗小说》按顺序重剪。作为电影上手的风格练习，这多少带有致敬意味。如果一个影迷接连看了正序版的《薄荷糖》《不可撤销》和《爱情赏味期》，还有顺序版的《低俗小说》《记忆碎片》……那就太可怕了。

回顾完一部法国艺术电影的中国命运，再来解读《爱情赏味期》就容易多了——任何一件事，包括爱情，换个时间、地点，都太容易遭涂改篡逆，阴差阳错导致面目全非。易如反掌的人生，只有电影里才有。

欧容描摹的爱情画面，慢且淡。他故意模糊了男女关系的焦点，不以戏剧冲突和关系失衡为卖点，邀请观众徜徉于五个电影片段之间，正如步入舞池的空旷地带。摇摆各异的电影风格，临摹了侯麦、伯格曼或者勒鲁什等名家。他用语焉不详的五段人生，挑战老生常谈的七年之痒。七年之痒，来自被琐碎生活所绞杀的爱情，仿佛荷尔蒙与费洛蒙的最大敌人，是油面米酱醋。口口相传，与迷信无异的爱情短句，还包括“女人先爱后性，男人先性后爱”。这类腐朽表达之下，女人只有在恋爱时才委身于性，或是把性看作爱的行为，一刀切割，失之偏颇。《爱情赏味期限》这个相识到分开的法国故事，悖逆于结婚是正果、离婚是失败的本土婚恋神话。就说离婚——一对已经不相爱的男女选择离婚，那是再诚实不过的行为。流言蜚语却总把离婚等同不诚实，认为它是对感情的不忠，是对封号的褫夺，是现成的三角恋狗血剧本。

人们也容易把搂搂抱抱的欧美电影，尤其是宽衣解带的艺术电影，当作传统爱情价值观的反面。正与反、顺与倒，有一方是对的，另一方必然是错的。闽南语里右手与左手的说法，是正手与倒手（反手）。右撇子的人多，就为正。左撇子的人少，就是倒和反。用左右手来解释难以调和的问题冲突，就容易太多，那无非个人自由，是自然权利——没有人会介意，你打球喜欢用哪只手。就如优雅女士身上的披帛围毯，你可以赞美有一面更好看，但绝不能说，只有那一面是对的，另一面就是错的。

《爱情赏味期》始于男女主人公的离婚诉讼。法官宣读离婚条款，一条又一条，详细、琐碎、冗长的程序，导致观众和当事人都要走了神。想看更抓心的离婚故事，可以向右转，找《一次别离》。欧容的箭头，指着反方向的过去。

电影五个段落，暗涌依次往回，正如女主角总走在纵深的廊道上。我从中抽取五个 C 或 G 开头的关键词，来试图总结电影。

1. Civil Law（民法）

男人问：你不怀念我们的过去吗？女人答：再次单身更好。

2. Gin（杜松子酒）

朋友的小情郎说：我不相信忠诚。女人则说：忠诚是对配偶的尊重和信任。

3. Caesarean（剖腹产）

问题总在错误的时间出现，正如孩子没有以顺利的方式来到世上。女人生产时，任何消失的男人都难以被原谅。现实中大概率也是。

4. Garter belt（吊袜带 ）

婚礼上的热烈舞蹈，说明这对新人是那么合拍。画面一转，那解不开的吊袜带，让温存言语都变得不太对劲。

5. Ciao（你好）

海岛度假时，男人被拉到台上，表演扭臀字母游戏。他被要求第一组动作，就是扭出“Ciao”。女人看得乐不可支。

《爱情赏味期》是一部只有开始的电影。开头总是最美妙的，当人们说起谈恋爱这回事。这是常见的说法。有人也会说，那是一个错误的开始，美妙或遗憾的错误。

“我们去游个泳吧”，这是《爱情赏味期》最后一句台词。在这句平常不过的台词之前，女人说，他们告诉我，这里的海水很危险，有很强的暗流。男人说，但海面看起来很平静。台词似乎在暗示，金色的海面，确实深藏着不可见的人生暗流。绝大多数爱情电影，只有 Happy Ending（大团圆）。对相爱之后的鸡毛蒜皮、不欢而散，默认观众看了要扫兴，也暗示着现实世界是由无序的能量所组成。

是什么拆散了这对曾经相爱的人？电影有意无意提到，男主工作一直很忙。相遇时，一个单身四个月，一个似乎有了分手的苗头。女主的父母也曾那么相爱，后来却要怒吼相向。还有寻觅爱侣的朋友，男主断言，小情郎很快会变身“前任”。《爱情赏味期》玩了真心话之类的游戏，却没有把感情破裂归罪于千篇一律的出轨。

电影里出现了不少意大利情歌。据说除了搞艺术（谈情说爱当然也是一种艺术），让意大利人做其他事情都是不靠谱的。排意大利后面的，差不多就是法国人（至少许多电影是这样告诉我们的）。萨科齐和马克龙这样的总统，似乎也以亲身经历说明了这一点。《爱情赏味期》是一部关于身体、带有挑逗情愫、能闻到气味变化的电影。即便在跳舞的事情上，欧容没有另一位法国导演阿布戴·柯西胥在行，后者能把跳舞和身体用到几十分钟，甚至整部电影都在宣泄能量。

没有一部电影能把爱情的果实赏味通透，正如任何一个词，都不足以概括一个人的一生。原因无他，赏味是有期限的，人生也不过是这头到那头的长度。我们同《爱情赏味期》这样的电影对话，与之共舞，试图找到彼此满意的节奏。电影就扮演着搞不明白的恋人角色，我们对它的爱，有关联，却独立。我们所领悟的爱，有相似，却不同。

在电影结尾，爱情以永恒的正确方式冷却了下来。欧容在之后的《时光驻留》，也安排了与《爱情赏味期》如出一辙的尾声。在这位导演看来，多数爱情都在正序、倒序和打乱了次序的电影片段中，在连贯和混乱、幸福与心碎间交错上演，没有结局。比爱情更大的命题，是人类的生命繁衍。就像《爱情赏味期》留给主人公的痛苦，不再仅仅关乎两个人，而是世界上多了一个名叫尼古拉斯的孩子。人类世界，也以矛盾却永恒的正确方式，繁衍了下来。

毛茸茸给了他一切，也带走了一切

《灰熊人》

狂人赫尔佐格，来自德意志。他自学成才，拍了快六十年电影，身上还有意气风发的那种狂傲。

赫尔佐格拍电影，满世界跑，专找气味相投的人，留下一堆让人瞠目结舌的奇事。事迹包括在非洲被丢入大牢，在好莱坞被枪击，拍摄现场放话要用温彻斯特步枪崩了金斯基，当着一堆人的面吃下了自己的牛皮鞋子，《陆上行舟》里真的让一艘钢铁轮船翻山越岭；自慕尼黑徒步走到了巴黎只为给导师祈福，从栽翻的车底下救了华金·菲尼克斯一命。

如要继续写其他事迹，大概要花上千字，足以作为人生清单，会叫庸常之辈叹为观止。总之，他身上有德国人三个字所能包含的最好的意义。

《灰熊人》是赫尔佐格在新世纪的代表作。拍这类纪录片，他早已信手拈来。电影主人公，是与灰熊有亲密接触，积攒下大量影像素材的狂人提摩西·崔德威（Timothy Treadwell）。

就像赫尔佐格记录过的神人、奇人、能人、怪人、超人一样，这一次，狂人为另外一名狂人所吸引，换个理性的称呼，叫他我；感性的说法，就是兄弟。纵然赫尔佐格对提姆（提摩西的昵称）有直接的批评否定，他也献上了真诚赞美，说提姆所拍下的空镜头不乏美感，它们具有了自己的生命，不乏大自然的神秘感。赫尔佐格承认，提姆与灰熊之间，有着最原始直接的亲密接触，那些素材有惊人的影像美与深度。每一个画面，都饱含了人类的狂喜，内心的风暴，让赫尔佐格“挪为己用”。许多观众不愿相信，那种接触是完全真实的零距离。他们坚信出现在电影院的灰熊，肯定是数字特效做出来的。

现代社会，人类往往只会在动物园看到脏兮兮、秃了毛、失陷于抑郁痛苦的熊。直面提姆的悲惨下场，不免惊心——尤其是大块头的熊，突然扑向了镜头。可是，看《灰熊人》的过程中，我一再失笑。与朋友交流时，我发现冒出笑声的，显然不只有我。

赫尔佐格没有一味嘲笑提姆——是提姆留下的一百多小时的DV素材嘲弄了提姆自己。显然，如果经过另外一种剪辑加工，它们也会是宣传人与熊和谐美好的影像节目。操着人类语言的提姆，是一位优秀的、走在阿拉斯加最前线的生物课代表。《灰熊人》有过半内容来自提姆的多年拍摄。他俨然是一名自编自导自演自摄的独立电影导演，不惜用上双机位，强化身在现场的感染效果。他会为一个镜头频繁 NG，重拍上十五次，以激发出体内的演员之魂，呈现最炽热饱满的情感，还有最顺畅的台词状态。面对这个“做自己的导演”的狂人，最强人类导演赫尔佐格，一再变成了喋喋不休的影评人角色，说起在自己的拍摄现场，他也目睹过电影演员陷入提姆的疯魔状态。

《小迪特想要飞》和《重见天日》里，赫尔佐格发起过两轮攻势，无情奚落美军的越南丛林生存训练教学片。大嚼树叶、呆头呆脑的大兵哥，就像走错了摄影棚，下一秒就要被活捉。

如赫尔佐格一再坦言的，他的纪录片从来不等于真相，而是要观众去越过事实，一同探索真相。《灰熊人》没有兜售悬念。它上来就交代，可怜的提姆，还有倒霉的女友，被一头老熊咬得支离破碎，葬身熊腹。他们的尸块，装满了四个袋子。提姆的疯狂举动会导致死亡，确实不让人意外。让人意外的，是他拍下的影像。

美国自然保育运动领袖约翰·缪尔认为，人类经常对大自然的事物有错误的看法。要么发出愚蠢无知的质疑：上帝为什么要创造它们？要么深信不疑：它们是为我们而生。这些人类似乎不明白，它们可以只为自己而生。缪尔还说，如果有一天野兽与人类开战，他会去同情大熊。毕竟在大熊看来，人或其他两足动物是为熊而生的——上帝赐予了它们长牙和利爪。

提姆是行动派和表演型人格的复合体。他看上去像阿拉斯加的一分子，又与周围形成鲜明的对比。拍摄如此多素材，提姆并不只想藏在帐篷被窝里，好做睡前重温。他当然知道，置身空无一人的阿拉斯加旷野，眼前有成千上万头熊，但他更清楚，摄像机镜头背后，将有千百万的人等着收看他勇敢又有爱心的壮举。

提姆拍摄的素材也包含一些自说自话、不加修饰的内容。他会开自己玩笑，也开一些蹩脚的讲给灰熊听的笑话。这里分享其中一则，他安慰一头在争偶大战中落败的公熊时说：

“我知道我女人缘很差，但不会去泡（母）熊。”

他用今时今日的直播自拍样式，镜头紧紧凑向脸，像造物主的脸颊贴近地球。他夸自己，“这么个好小伙，却是没有女人缘的直男”。这类没心没肺的调侃，很快被证明也是谎言。光是片中出现的，提姆就有两名女友、一个红颜知己。赫尔佐格也知道，他在那些夏天都做了什么——毕竟提姆的摄像机不会撒谎。提姆有意在拍摄素材中，掩藏了女友艾米的存在。原因恐怕不在艾米怕熊，而是提姆需要塑造自己孤身一人在熊窝的孤胆英雄人设。

当提姆用夸张的语调借念力求雨、诉诸神明时，光线昏暗的帐篷，宛如古希腊的神庙。他所呈现的，是一个虚伪、无知、自作多情的自大狂形象。赫尔佐格再次从画外音杀入，反驳提姆对大自然的理解。其中最残酷的一点：大自然自有规律，它不会给你 NG 再来一遍的机会。

阿拉斯加的生态，在赫尔佐格和提姆的镜头下，都是蚊蝇飞舞。湖面闪烁着水上飞机反射的光，满目是绿油油的草，冷不防就会冒出来体型庞大、毛茸茸的灰熊。这正是约翰·缪尔的理念：自然是人的理想形态。提姆搞错了一件事，他认为眼前的熊，才是自己的理想形态。在专家看来，提姆一系列作为活脱脱就是一个疯子。他逾越了七千年来，北美原住民都谨守的界限。对着熊喃喃自语，投递“我爱你”之类的深情诗篇，表达起对猛兽思念与渴慕的提姆，是真心实意的（他当然也没有忘记摄像机的存在）。他变成披着熊皮道具的小朋友，开心不已地玩游戏，他尽情地表演。他眼中的大熊，不以大小编号来区分，而是拟人化的劳弟、米奇、布朗中士和土星女王。

提姆幼稚得近乎泛滥的感伤主义，不仅作用在灰熊身上。他还会为一坨新鲜大粪而疯狂兴奋，只因它还在冒着热气，证明熊刚从他的全世界路过。同样，他也为一只“死去的”采蜜的大黄蜂感伤。尴尬在于，他似乎连黄蜂死没死都没能够搞清楚。

阿拉斯加也给提姆发出过一些警告。可沉浸在自己的感性王国的提姆，把它们当作了良善之心的仁慈试炼。好比为了让母熊停止哺乳，以便再次交配，公熊会杀死小熊。提姆就目睹过只剩头骨和断掌的可怜小熊。当灰熊因为繁衍生存，轮番上演同类的相残厮杀，提姆依然把自己当作这片伊甸园的上帝，而他手中什么防身的武器装备都没有，只有记录下他最后惨死的摄像机。如你所知，手执摄像机并不等同于站在了全知的上帝视角。

从提姆选择搭帐篷的位置，不难看出他对狐狸的喜爱，情感同样真挚。且狐狸与灰熊同框的时刻，就连赫尔佐格都叫绝不已。可惜，死于2001年的小狐狸，依然没能让提姆的疯狂之举按下暂停键。

事实上，生物之间互有好奇，活物之间有接触、联结，再正常不过。小狐狸在体型高大的人类面前只有卖萌样子，因为它们只能如此。换作一头恐龙，它随便卖个萌，就能把一群人踩成肉饼。提姆或有难逃一死的觉悟，但他在主观上，绝不是佛陀的以身饲虎，他无比需要那个在摄像机前的肉身。讽刺还在于，一个成年人类的分量，未必能让一头饥饿的熊饱餐一顿。

提姆一再宣称自己的勇敢者形象，在对抗盗猎者时，他对国家公园管理处放话时言辞慷慨、粗口连篇。可当发现有人靠近这片乐土时，他却只能透过小树丛，远远躲着观望，用一些小孩子过家家般的石头记号，宣称只有自己在保护亲爱的灰熊。人类和灰熊到底谁更危险？提姆似乎从没有思考过，也不问自己为何不用冬眠。

如要上升到哲学高度，提姆面对人类社会，选择了自我放逐。他在阿拉斯加找到了填充生命的方式。他莫名痛恨人的存在，最后也为了一张机票与人起争执，宿命般去完成最后的表演。提姆屡屡在镜头前宣称，他在灰熊迷宫（他给自己王国的命名）找到了和灰熊们共存的方式。

所有人都知道，那是死亡。

赫尔佐格说，阿拉斯加的土地上充斥着混乱、敌意和杀戮，而不是提姆一再宣称的寂静、平和。同样面对灰熊，赫尔佐格眼前看到的是野兽，没有任何亲近感、理解或怜悯。他只从灰熊的眼神里，看见自然界压倒性的冷漠。灰熊只是懒洋洋地看着食物。这里的熊，可以换成佛罗里达的鳄鱼、明尼苏达的恶狼、西伯利亚的猛虎、非洲草原的狮子等等。

深水湍流中，大熊马戏团保留节目般，表演着花样游泳。赫尔佐格并不确定，它是不是杀死了提姆的141号。看起来多少有点滑稽且卖力的表演，背后真相大概率是那头熊寻获不到食物，不得不努力，一次次潜下水去捉鱼。

赫尔佐格没有公开那卷只有声音、没有画面的录音带。他听过了带子，他建议销毁。要知道，恐怖片最恐怖的部分，始终是观众没有耳闻亲见的内容。但在这里，同为人类，审慎是良知，更是美德。取而代之的，是剧情片风格的，由验尸官讲述尸体处理的骇人场景。

提姆只在夏天到阿拉斯加保护区。他在灰熊人形象以外，还有其他形象。他曾是一个喜欢松鼠宠物和泰迪熊的美国金发小孩。他在体育运动上相当优秀，拿过跳水奖学金。后来交上了坏朋友，嗑药、酗酒、患抑郁症。他有着父亲口中“比伍德·哈里森稍差”的经历，曾有一个破灭的演艺梦想。他打造人设，假托是个澳洲孤儿。这是一个跑偏了的、失去了靶心的另类“美国梦”。

赫尔佐格的纪录片，不仅频繁通过画外音证实在场，他也会现身说法，或拍上好几条风格化的镜头。《灰熊人》的总结陈词，与赫尔佐格在《电影梦》里对热带雨林的看法，依然一致。

“这里的热带雨林是邪恶且卑鄙的。我在这里没有看到任何情爱之物。我只看到乱伦、窒息、壅塞，为生存挣扎、生长，然后腐烂……它就像个诅咒，沉重地压住整片景色。

“仔细看看我们的周围，有着某种和谐，这和谐是不可抗拒的集体谋杀。与这片丛林言之凿凿的卑劣、下贱、猥琐相比，我们就像乏味廉价的乡村读物中，佶屈聱牙的半个句子。在这些势不可挡的痛苦、乱伦、生长、无序面前，我们不得不变得卑谦……但当我言及于此时，我充满了对这片丛林的景仰之情。不是憎恨，而是喜爱，我非常喜欢它，但我的爱，缺乏理性。”

有人在一个地方待上两小时，就宣称找到了灵魂。不然就是把自己丢在荒野，冒失地将性命搭上，就认为读懂了大自然的秘语，得到了奖赏。大自然不会开口说话，更无须骂脏话，它只会给出惩罚。用平底锅敲打熊的头，跟用熊掌拍一个人的脑袋，差别谁都知道。就像携爱犬横越美国的大作家斯坦贝克，他被国家公园的管理员好心劝告：你知道吗，一头大熊可以把狗当作网球一样打？

保持清醒

《综合征与一百年》

《综合征与一百年》还是《恋爱症候群》？一部电影叫什么，都不影响看阿彼察邦·韦拉斯哈古最急需的意识状态：

保持清醒。

就这两个译名来看，它们都在灌制迷魂汤。阿彼察邦文火慢炖的汤药，有《祝福》的游戏，“你猜不对我在第几分钟出片名”；有《热带疾病》前后断裂，中途醒来发现连人带故事被丢进了密不透风的暗夜丛林；有《能召回前世的布米叔叔》索性把“到底是什么鬼东西”，讲了个明明白白。东南亚一拨影像作者中，对中国影迷和年轻导演真起了偏方奇效的，无疑还是此君，跟风者众。

“综合征”一词，依稀能看出电影与病症和医院有关。之所以是依稀，在于它类似思乡病，接近于爱情。阿彼察邦的片子，经常会出现医院、诊所、病患和外籍劳工。导演的父母都是医生，本片取景于他的家乡，是《爱在孔敬》的先声。“一百年”是个漫长的时空区间，略大于一个人的寿命。它自带跨度，为本片提供了结构的妙趣。

至于《恋爱症候群》，它在三十年前是一首华语老歌的名字，如今读着，小清新气息不翼而飞。

待到我在上海国际电影节重看《综合征与一百年》，衡山电影院放映了一个16毫米的收藏残版。1.78：1的原始画幅，贴着BFI（英国电影协会）的标，变成了1.33：1的Instagram风格画面。

距上次观看，有十年之隔。曾是艺术片好手的Fortissimo公司，留在片头，现已作古。胶片放映，也处于半灭绝的佛系状态。时间之手的摩挲触痕，三三两两的点划，沙沙作响的放映机转动，比印象中来得更浓烈的滤镜，一束黑暗中的银色光亮，邻座同好入迷的脸……光是回想这场放映，就有穿梭时空的复古之感。

它看上去已经和我当初看到的电影不太一样了。当时的我，像不少人那样，喜欢这部电影，又说不出个所以然。比起言之凿凿，“我不知道”，“也许可能”，更能描述我对《综合征与一百年》的看法。

正如看到结尾，空旷的地下室，迟滞的镜头里，出现了一个通风管道，结合后来的创作轨迹，阿彼察邦已经在拥抱装置艺术，与美术馆共舞。那里什么都没有，那里什么都有。这是我印象最深的一幕。

《综合征与一百年》故事简单，简单到我无须用一句话或几句话来描述它，索性帮它取个新片名，好比改成叫《医院物语》，瞬间就能概括个八九成。

阿彼察邦的电影并不难懂。他只是不爱情节剧，不喜顺着主流观众的喜好来讲故事。看睡着的人，会迁怒于看他的影片浪费时间这件事，正如失眠的人，不断迁怒于自己。

《综合征与一百年》讲记忆的互相缠绕，像纠缠在一起的树藤。它们看上去很美，但有人觉得是缺陷。故事在一前一后，两所医院内发生，电影人物在里面谈情说爱，倾诉表白，他们从太阳和淤泥那里，获取自然疗愈的能量。与阿彼察邦其他作品的幽冥神秘相比，《综合征与一百年》显得通透敞亮，被乡野的绿色、医院的大面积白色所包围和占据。结尾出现的无人机和广场舞，琐碎日常的欢乐，更让我心有戚戚。

阿彼察邦用电影，搭建着意识迷宫，一遍遍说着“我给你灵魂、肉体，还有全部回忆”。监狱给予你漫长的时间，但限制了你的空间。医院会赐予你无尽的睡眠，而你只希望清醒。电影院里，什么都有，三倍的生命、有益的瞌睡，我想回到电影院。

在这家医院住院已有个把月，后来又办理转院，这座城市于我，仿佛只有跑不完的医院。十五年前，它是我的人生中转站。我在这里搭车，往北，求学，去邻省。如今这遭，是医院，还有河道、湖泊、大树和酷暑。

时间，有时候像 250 ml 的甘露醇注射液，冒着连珠串的气泡。恍惚走神之际，一瓶已经滴完。瓶身上，黑色水笔划下的那条线，并不会张开口告诉你关于流逝的细节。

时间又过于漫长，漫长到我忘记离上次进电影院已经过去了两百天。我也不再给报纸杂志写评论。这场全球化的现代瘟疫，似乎看不到尽头。

六点，醒来散步。安泰河，白马河，晋安河，它们散发着热气，半睁睡眼。

河边最常见的，是命名这座城市的榕树。沿河还有遮天蔽日的笔管榕、破布木、蓝花楹、樟树、白花泡桐、龙眼、银桦、山槐、白兰，还有构树。成都住所窗外，也有一颗六层楼高的构树。这时候，它也该枝繁叶茂了吧。飞鸟起落，盼着品尝甜美的红色冠状浆果。

“小弟，现在几点了？”健步的晨练老人，重复上一遍问话，我才应声。事后恍悟，在他们的世界里，无须太在意时间的走动速度。正如自由职业的我，经常意识不到时逢周末，节假日是否来到。

狭窄的河道，有木制仿古亭。背身的男人，练习洞箫，不时气促，乐声卡顿之际，我听出来了，那是一曲幽幽的《在水一方》。

河道那边，满地的浓茶色，是昨夜的瓶子雨。330 ml 的啤酒瓶子，东歪西倒。它们空空荡荡，噼啪作响，翻滚着被铲起，涌进蓝色垃圾桶。

难敌午后的蒸笼酷热，树下的人们，又无精打采，打盹睡去。不断冲破 40 摄氏度的气温里，他们将此树荫处当作暂时的天堂。榕树的躯干和枝叶，游走着水上的回光，那是通透的、难以捉摸的金色。新长的气生根，呈明黄色，跟着闪闪发亮。我怀揣许多问题，若大树是智慧长者，倒可请教。有人告诉我，那些根须胡髭，生块结虬，盘根错节，像巨人的数股手足，并力，延伸，扩张，紧攒。它跨越河道，只想占据更大的生存面积，不伤害任何人地活下去。

入夜，医院的 PVC 地板，泛着清洁剂的光晕，走起来几近无声。电子琴伴奏版的《东方之珠》，一遍遍响起。按下床头呼叫铃，护士站的蜂鸣器，便会响起这曲子。该如何跟人解释，我从去年夏天开始，就不时失眠。

特殊时期，和安保人员打起了游击。绕上楼梯，经过手术区。明晃晃的告示，周末，此处空无一人。

“疫情期间，请大家勿聚集在手术等候区，保持距离，戴好口罩，仅留一名家属等候即可。”

头一回来医院探望的亲友，几乎都显得紧张，面色不适。绷带、石膏、病号服，吊瓶、轮椅、手推车，询问、吵闹、呻吟、哀嚎，它们是涨潮海岸，一开电梯门，涌到你面前。一关电梯门，休眠火山那样，全部被收走了。

“大姐，帮我解开，过年了，我要回家。”

“廖伟国，你醒醒，别吓我啊，你醒醒。”

“妈妈我很强，我把他们都喝醉了。”

“那天夜里，我朋友进电梯，就她一个人，响起了超载提示，没把她吓死。这电梯也够老了。”

“医院这块地方寸土寸金的，床位也太紧张了。”

“26 区 27 床，阮氏玉家属请到谈话间……阮氏玉家属！”

“放心，两百斤我都抬得动。”

“小弟，能不能帮我看看，2 号楼 3 层的门诊怎么走？”

还有听不到的声音。

“真想一把掐死隔壁那个哭哭嚷嚷的肥婆。”

“天台上老丢衣服，怎么连医院都有变态，真缺德！”

“臭老太婆，居然说我要下药毒死老头子，在家电视剧看多了吧。”

“这护工天天在偷懒，三五千块的，未免太好赚。”

“真不是人干的活，领导喊你拦人，拦了被打，狗屁领导又不管。”

“隔壁这床来的家属未免太多了吧，这可是疫情期间。”

“接到医院的外卖单我就头疼……”

“现在几点了？”

两个月后，我回到了成都。一觉醒来，拉开窗帘，光线豁亮，窗外的构树，居然不见了踪影。我拉开纱窗，探头往下，一截树干，比出胜利的Y字，似乎正冲我招呼。它还在这里。树干两头，包缠着白色的略显滑稽的透明塑料布。那是绷带，那有它的伤口。

梦中的自己是个陌生人

《我的温尼伯》

入梦

这个世界上，叫红河的河流有不少。流经加拿大温尼伯市的红河，是其中一条。阿西尼博因河在北纬 50°附近，汇入红河。两河交汇，冲积出广袤平原上的温尼伯，北美大陆的心脏。

自北向南，溯流直上，穿过加拿大与美国的国境直线，红河还经过美国的大福克斯和法戈。法戈，即 Fargo，正是科恩兄弟《冰血暴》的英文名。电影声称“这是一个真实故事”，却是百分百纯属虚构。冰天雪地的《冰血暴》，压根和法戈这座城市没啥关系，仅在台词里提了一嘴。

《我的温尼伯》也是一部冰天雪地的电影。没有紧张刺激的故事情节，只有一个男人的夜长梦多。它既像剧情片，又像纪录片，是气色清奇、品相特殊的混合物，抒情散文版的《半梦半醒的人生》（理查德·林克莱特作品）。它有双重的保护色，黑色的梦，白色的雪。

片中最具冲击力的场景之一，是1926年的一场大火，令惊吓的马群夺命狂奔。群马陷入浮冰之中，它们高昂或扭曲的马首，被封冻，并定格，变成了留在河面上的当代艺术作品，宛如“白色棋盘上的十一个骑士”。这个黑白画面，在网上被误认为历史老照片。人们惊叹于不曾耳闻的嘶鸣悲壮，仿佛身在现场，确有其事。

电影里，导演盖伊·马丁把温尼伯称为“雪之迷宫”。电影不长，也就八十分钟，雪花也差不多飘洒了80分钟。直到你分不清，画面上的到底是真的雪花，还是老电影胶片拷贝上，数不尽的划痕、颗粒和噪点。

自学成才、没有受过学院电影教育的盖伊·马丁，我一直误当他是加拿大的青年才俊——就像人们提到独立电影，总不免以为是浪潮，是革命，是年轻人热衷于搞事。拍摄《我的温尼伯》时，盖伊·马丁已经50出头，是知天命的年纪了。他从20世纪80年代开始鼓捣电影，从父亲的离世开始，一遍遍地打磨家族故事，潜入河流的最底层，一再出入记忆迷宫的禁忌房间。

盖伊·马丁在电影里事先张扬，反复渲染一场蓄谋已久的出逃。他靠在火车上，和一群同样不省人事的乘客，以不舒服的姿势，耷拉着脑袋，身体左摇右摆，沉入逃离故乡的大梦。空酒瓶、汽笛声、浓烟、雪雾……它们依偎着电影，遁入比黑暗比更黑暗的空间。

梦中

可能说到这里，你还是不知道温尼伯在何方。加拿大有温哥华、多伦多、渥太华、蒙特利尔。再接下去的城市，知道和不知道的，差别也不大，反正冬天都是冰天雪地，尤其是盖伊·马丁的故乡温尼伯。

温尼伯是北美大陆中心的中心，有河流和铁道穿过，宛如人体的大动脉，或是温暖的皮草覆盖下，象征生命繁衍的女性三角地。

第一次看它，我不由想起来拉斯·冯·提尔的《欧洲特快车》。盖伊·马丁念了上百次的“温尼伯”，如此深切，以求能在观众身上应验这场大型催眠术。

其实并不奇怪——电影导演都热爱他们的故乡，比如费里尼的《浪荡儿》，杰兰的《小镇》和《五月碧云天》。以梦为马的电影手法，也不是离奇之举。像大卫·林奇的自传，就叫《梦室》或《在梦中》。

当盖伊·马丁讲到母亲的发廊，恍惚间，似乎真有推子在耳边嗡嗡作响，叫人放松欲睡。又在清醒的刹那，想起毕赣的母亲也是开理发店的。不要感到奇怪。听着导演一通滔滔不绝，当你近乎抱怨之际，他还大声宣称：永远爱这家发廊。

观看这部电影，就把自己当作夜之公民吧。进入一座梦游之城，亦眠亦行，亦行亦梦。温尼伯，就当它是贾樟柯的汾阳，毕赣的凯里。

《我的温尼伯》开头，采用了母亲角色的试拍段落。它直言不讳地提醒观众，这部电影是一场拟梦的实验。

它在前一秒宣告，比赛一等奖是下一趟离开温尼伯的单程票。下一秒告诉你，没有一个温尼伯市民选择离开这座城市。

填埋垃圾，堆起了环保噩梦的山包。没关系，毫不留情的冰雪覆盖后，它成了孩子们的滑雪场。

盖伊·马丁找来不同演员，有母亲、姐姐和哥哥，搬演家族故事。他有一位强大的母亲，像巫师一样，能在瞬间看破女儿的秘密。在母亲反应过度的、并不平静的成长故事里，姐姐开车，撞死了一只鹿。母亲却大声呵斥，责问女儿是不是做了其他坏事。

与此同时，盖伊·马丁喋喋不休地讲起历史上的驱魔师，还有通灵者、降神会和神秘的芭蕾舞者。在“杂糅百家，皆为我用”的创作理念下，导演还用上了字幕卡和动画效果。看得出盖伊·马丁喜欢默片、奥逊·威尔斯和希区柯克。拍摄剧情部分时，他也会用上摄影棚的布景。火车窗口，球场地面，它们都可以浮现出影像画面，产生不真实的穿帮效果。就连他的旁白，不时激昂、惋惜或愤怒，似乎没想过节制个人情绪。还有老派的片头曲 *Wonderful Wennipeg* 和插曲 *Moody Manitoba Morning* 的插入，看得出盖伊·马丁施展着催眠术，又试图让一些人能保持清醒——插曲刚好落在电影的半程处，就像伊迪丝·琵雅芙的歌声，出现在《盗梦空间》里。

长梦

“体育场（废墟）矗立在雪中，就像是被挖空的心脏。”

那所谓钥匙，何尝不是反复念叨、梦中呓语的关键词。白雪、街区、房屋……这座城市只比祖母大四岁，却有从尼罗河过来的伦敦铁桥。它有密密麻麻的街道网，盖伊·马丁说，他独爱那些不为人知的黑暗小巷。

盖伊·马丁怀念的伊顿百货被拆，建成体育场。温尼伯所有男人都喜欢的老冰球场，因为缺少昂贵的包厢，同样遭受了被拆毁的命运。

想起乌拉圭作家加莱亚诺的笔下故事。准确地说，是他的朋友索里亚诺的故事。阿根廷圣洛伦索队的足球场，拆毁后在原址建起了家乐福。索里亚诺和圣洛伦索昔日金靴射手圣菲利波去购物，走到收银处，圣菲利波突然张开双臂，回忆起昔日在球场上的风采，“我是在这里凌空抽射的”，又指着货架上一堆瓶子说，“当时球传到这里”，他身心投入，射完门后，庆祝进球。家乐福的顾客和收银员都鼓起了掌。

盖伊·马丁没有在电影里设置一个父亲角色，而关于冰球队的回忆却贯穿了导演的一生。他在更衣间出生，几天后就看了比赛。仿佛可以说，他就是冰球之子。球场即将变成废墟的前夕，在摇摇欲坠的换衣间，他通过电影组建了一只不存在的白金之队，成员都是温尼伯历史上有名的优秀冰球运动员。温尼伯是如此年轻，以至于盖伊·马丁不需要寻找教堂。记忆中屹立不倒的冰球场，是辉煌的殿堂。

《我的温尼伯》的电影时间，是平行和共时的双重存在。时间是循环重复的，就像一家人坐沙发上看的《跳窗男》肥皂剧。要跳窗的男子，每天重复着跳窗的举动，正如导演一次次尝试着逃离温尼伯。

另一面，他戏耍时光，穿梭在不同的年份，遇见愤怒的水牛群、被遗忘的原住民，还有守护这座城市的公民女孩。盖伊·马丁不厌其烦地告知观众一条吉娃娃的寿命，活了75岁却一击毙命的八哥，有着橘子果冻的明轮俱乐部赌场，导致市长下台的黄金小子美男比赛，还有一层又一层不断往下、属于小男孩的夏尔布鲁克游泳馆。

梦醒

有个智利导演说，没有纪录片的国度，就像没有相册的家庭。

从城市风貌回归到家庭亲人，到了《我的温尼伯》的电影结尾，导演的絮叨话语，听上去有一些疲惫，终于像要结束了。那一刻，他的声音变得更加深情。

他说，有时候自己也会忘记，忘记了哥哥的离世，忘记了父亲在他21岁的时候走了。有时候，当你太想念一个地方，照片上的背景会变得比照片上的人更重要。《我的温尼伯》猝不及防地翻出一家人的合影，如此宏大的城市开篇，竟收束于如此私密的家族故事。

20世纪90年代某一年的夏天，表哥用凤凰相机给姑姑一家拍了一张合影。那是我们一家人唯一的一张合影。相片冲洗出来，看不清人脸，只有轮廓模样，是糊的。

我清楚记得，当时天色近晚，相片就在家门口取景，在还没砍倒的芙蓉树下。

那时候，每户人家的房前屋后，总有那么一棵芙蓉树。芙蓉花一日三变，晨白，午淡粉，傍晚就深红。可惜长在我家门口的树，多半没交什么好运。早于芙蓉树被砍掉的，是一棵桃树。只有已经三十五年的山茶花树，是例外。

父亲走后，我想起那张看不清脸的合影。找到它时，相片被压在抽屉角落。不知是弟弟还是妹妹的手法，每个人的眼睛，被圆珠笔墨一一点出。乱涂乱画的儿戏，令相片迷失于更浓郁的暮色。

当盖伊·马丁在电影里，怀念自家发廊的味道，我也想起当归、青翘和桂枝的药材味道。我已经很久没有在家里闻到过那味道了。

出生之前，父亲走完一趟远赴东北通化的采参之行，贩卖起了中药材和西药品。我跟着外婆长大，直到她老去。我时常在河流对岸，远远望着自己的家。我记得，那时候的厅堂和房间，堆满刚购进的药材，大大小小、四四方方的纸箱，使人难以容身。取货的熟人陌客，咬着烟头，半埋身子，不时露出脑袋，彼此招呼，同父亲比画一通。鼓胀的纸皮箱，变了形的蛇皮袋，装到焊接过钢板的摩托车后架，垒起了小山包样。缠上几圈粗黑的硬质橡皮带，踩三两下启动杆，突突突的一串声音，摩托穿过屋角小路，消失在了荔枝树下。不一会儿，更高亢或嘶哑无力的发动机声音，又从林荫下传来。

父亲走了以后，家中安静许多。那座房子里，几乎找不到他留下的痕迹。若是夜晚，吵闹的只有电视的声音，还有近乎喧嚣的蛙叫虫鸣。草木越长越高，我越走越远，再看不到那条经常枯竭的浑浊而模糊的河。

所有的河流都连在一起

《激情》

镜头摇下，《激情》的第一个画面，是镜头俯瞰着都市。高速干道，切割着密密麻麻、层层叠叠的建筑，下方有一大三小，四个淡绿色、球体状的瓦斯罐。

正是这些瓦斯罐，令我反应过来杨德昌在《恐怖分子》里也安排了大而醒目的瓦斯罐，象征人与人之间的情感关系紧张。当荷尔蒙与猜忌达到一定浓度，每个人都可能是一触即发、“易燃易爆”的“恐怖分子”。

这类联想，也可能是一厢情愿。正如看洪常秀《猪堕井的那一天》，我会因为电影的结构、人物的崩溃和死亡，同样想起《恐怖分子》。问是否真有关系，洪常秀肯定要摇头的。

《激情》是滨口龙介就读于东京艺术大学时的硕士毕业作品。

电影讲述“庙小妖风大，三男两女朋友圈”的情爱纠葛。滨口只有200万日元的预算（折合人民币大约是13万元），只用了十天时间拍摄。这部电影第一次在大银幕上放映，是在2019年成都的滨口龙介作品回顾展上。

滨口作品第一次引发世界级关注，是317分钟的《欢乐时光》。我在上海大光明，从早上八点看到下午一点，出来时是精神脱水的虚弱状态。第一次对寻常不过的一天生活，感到难以招架的恐惧。

2018年，《夜以继日》在戛纳引发了相当两极的评价。最终在电影以外，产生了现实的回音。演员东出昌大和唐田英里佳曝出绯闻，东出昌大表示，妻子和情人两个都想要，引起骂声一片。

我跟许多人推荐滨口龙介。原因不在他截至目前的高产表现，而是看好他将来的成就。平成电影三十年，吉卜力锁定了动画电影的制霸地位，真人电影则以是枝裕和拿下金棕榈奖为标志。日本电影如果产生下一位金棕榈奖得主，那个人选很可能是滨口龙介——作为老师的黑泽清也会乐见弟子有所斩获。

滨口是一个秉持电影方法论的导演，他擅长抓住日常生活的不确定性和矛盾暧昧做文章，丢出一个个包裹着大小美丑的道德故事。他会把训练演员、即兴表演的过程，完全放到电影中。

《欢乐时光》中，各有半小时的重心训练课和读书会活动，你完全可以认为，那就是一支侧拍纪录片。由于纪实内容的存在，会让你慢慢忘记这是一套虚构剧情片。

《激情》有预算不足的缺陷，由此带来的场景局限，一眼可见。它的故事，集中在那间没有了猫的公寓。当猫咪不在场，情欲悄然探头。

公寓的空间，又分成客厅与阳台，天台与楼下。拍摄聊天做游戏的室内戏，滨口也通过天台抽烟等方式，把单调的场景，做足了间隔、反差和纵深，以消除密集台词和通俗情节剧模式的观感疲劳。

因地制宜以外，在接飞盘、清晨烟囱两个段落，滨口不断诠释着可以用很少的钱拍出有趣电影之理念。

三个人之间，重复着丢盘、接盘的热身运动，有种百无聊赖、打发时间的意思。那正好是《激情》里男女关系的隐喻，当A追逐着B，B想与C一生一世，C想征服D，D却对A有难以吐露的真爱。爱情就是在夜色中发亮的那个飞盘，时而变成鲜花的模样，时而又是炸弹的形状，寂寞地飞行，无声地落地。

清晨时，A男与B女从看不见的远处徐徐走来。镜头对准正朝空中吐着浓烟的巨大烟囱，它以难以察觉的速度缓缓移动着。人物入框，交谈对话，无数回合。男人天真又笨拙地，赞美着女人。索吻得手后，他像吃到糖的小孩，手舞足蹈，在地上连着几个侧身翻。可是刹那的好感，不等于爱情发生范式转移。一辆骤然出现的红色重型卡车，变成一道爱情偶像片常见的背景板，碾压驶过，宣告了希望的破灭。在这场重头戏，滨口把长镜头的调度优势发挥到了极致，令两个人物的性格与形象，在阳光的投射下，完全清晰。“你的爱很珍贵，对于我却毫无意义。”

滨口龙介曾在自己的短片里露脸，被调侃为看上去就像会霸凌同学的那种人。《激情》在中途时，选择探讨校园霸凌话题。课堂讨论上，B 女希望学生们在遭受暴力凌辱时，不要还手，而要选择原谅，宽容去面对。暴力来自内部与外部，人只能主动控制自己，却无法操纵别人。面对外来暴力，你是被动的存在，只能接受，而不是采用以暴制暴的循环模式。在座学生和现实中人，显然不太能接受此等殉道受难的理念。B 女则身心合一，践行自己的观念。男友的公然背叛，造成精神上的暴力伤害。她只是像天底下的许多女人那样，觉得自己做得不够好，从没有离开的选项。正如“Passion”一词，在许多人看来仅仅是片名“激情”的意思，但它还有一层意思，是受难。适合调制特饮的百香果，它的中文译名，也是来自 Passion 的音译，这部小而美的《激情》，恰似滨口龙介作品里的消暑特饮。

滨口认为，《激情》并不完美。他把《夜以继日》看作十年后提炼出的更绝妙的一味爱情处方。

片中的主角相遇和大地震场面，处理得如梦似幻。在家庭聚会上讨论起戏剧表演，也是滨口的惯用招数。

唐田英里佳在《夜以继日》的面孔特写，散发着幽灵鬼魅的气质。她不带感情地说台词，脸上很少有生动鲜活的表情变化，宛如漂浮在都市中的空壳木偶。这种从生活中抽离的女性角色的塑造，日本电影里也很少见，倒是黑泽清的电影里，有类似的幽灵角色。

甲男以食梦貘的形象进入女人的生活，消失又出现，最终以在仙台的海边梦醒为结束。原样复制的乙男，不可避免地遭受伤害，又选择了接纳。不无荒诞的爱情故事，令许多人得出《夜以继日》是狗血片的结论。这显然严重低估了电影的可能性。

斯科塞斯说："电影是关于真相的——美学、情感和精神上的真相。它是关于人的——人的复杂性和他们的矛盾，有时是矛盾的本性，他们可以互相伤害，互相爱护，然后突然面对自己。它是银幕上的意外，在生活中被戏剧化和解释的，并扩大到艺术形式中找到可能的意义。"

如果爱情是一条河流，每个人都在学习关于它的知识。有人是小马，有人是水妖；有人学游泳，有人溺毙，有人鞋不湿；有人漂流，有人横渡，有人摸鱼钓虾子；有人取一瓢饮，有人引水灌溉。《夜以继日》的男人说那条河流脏，女人说那条河流美。它不可捉摸，因为它永远在流动。所有的河流都连在一起，你流进我，我流进你。河水所到之处，万物生长。

苏菲派诗人和哲人鲁米则说："不要继续撩着袍子在水面上走了。干脆点，脱掉全部衣衫，赤身露体潜入水中去吧——潜下去，再潜下去!"

我必须怀疑

《风暴佳人》

有人把希帕提娅的死，视为欧洲结束古典文明、一脚踏入中世纪时留下的标注之一。也有人不这么认为。当亚历山大图书馆倾覆，西罗马帝国被日耳曼人击垮，被神学所禁锢的漫长而黑暗的中世纪，拉开了帷幕。

希帕提娅在历史上确有其人。她广受学生和门徒的欢迎，父亲是亚历山大图书馆最后一位研究员。她是哲学家、数学家和天文学家，这部《风暴佳人》，就是给希帕提娅立传。

史书内容有限，加上希帕提娅的作品全部被销毁，西班牙导演亚历杭德罗·阿梅纳瓦尔反倒有了发挥空间。电影里，希帕提娅比哥白尼早一千多年，提出地球围绕太阳转动的天文发现。她甚至用圆锥曲线、沙盘演示出了地球公转的椭圆轨道（开普勒定律）。《风暴佳人》不是 NASA 和 BBC 拍摄的科教纪录片，我们无须尽信电影的字幕解说。你可能会像我，因历史上居然有如此厉害的一名女性而产生好奇；她曾试图引领人类飞升，你却不了解，便开始了其人其事的查证考据。

片中几个男性角色，也像特性各异的天体行星，围绕着希帕提娅这颗恒星，做公转运动。爱慕者之中，有她的学生，也有她的奴隶。随着形势变动，他们的身份、阶层和选择都产生了差异变化：有人告别真理，去爱了唯一的神，也有人的爱意，一发不可收拾。

天文的奇迹与爱情的难解，意味着电影对希帕提娅的事迹进行了改编美化，电影塑造出一个高洁完美的女神和智者形象，人人只想席地而坐聆听她的高见。史载中，希帕提娅被千刀万剐的惨烈结局，超乎多数恐怖片导演的想象。那是反人类的罪行，更不要说暴徒针对的仅是一位女性，一名“科学家”。好在《风暴佳人》做了浪漫的悲剧处理，以爱情的仪式落幕。

当底层民众被煽动起狂热情绪，不再追求科学真理，宗教信仰与阶级隔阂就如大地震后的裂缝鸿沟，无法被填平。《风暴佳人》有高大的石雕像，它们毫不掩饰地体现人体美，表现古希腊文化对肉体的颂扬。灰黑袍子、神色冷峻的信徒聚众显然不这么认为。他们赞美信神的灵魂，贬抑肉体。肉体不过是承载灵魂，行走于火坑之上的工具，用以体现神迹——火焰只毁不真之物。信徒渴望摆脱现世，通往天堂。如此一来，乱石落下，冥顽不化的异端，无非人人得而诛之的行尸走肉。

希帕提娅在电影里有两句掷地有声的台词：

我是哲学家。

我必须怀疑。

前者是信念，后者是行动。千百年后，一些“不安分”的欧洲人，引领了文艺复兴和宗教改革。这两句话，逾越了1453年君士坦丁堡陷落，或是1938年的“水晶之夜”。它们无须得到凡间的回应，就像《风暴佳人》多次出现的星空和地外视角，话语在神殿和宇宙间回响。它们也适用于当下，提醒人类永远不要一次次陷入狂热、愤怒、狭隘和愚昧。

基督教是在血中建立，又借助刀剑壮大力量的。《风暴佳人》并不是来自失败者一方的历史书写，希帕提娅只在无法解答的天象前低头、沉思。一眼可见的宗教狂热，无差别的阴谋迫害，反复在后来的人类历史中上演。即便是鹿特丹的伊拉斯谟这样的智者，他教人从善，希望以非暴力的形式，去团结和统一欧洲的子民，同样在狂热和暴行面前宣告失败。

阿梅纳瓦尔则认为，希帕提娅的故事就是一个“反宗教”的宗教片。她为真理献身，就是耶稣受难的再现，是基督教精神的完美体现。神学家是否同意导演之词另说，但枯燥的神学争论，并非《风暴佳人》的焦点。

电影采用俯瞰地球的视角，镜头时常从茫茫太空飘坠，遽降于古埃及的亚历山大港。那时候，古希腊文明笼罩下的亚历山大图书馆与灯塔齐辉。镜头也时常从港口上空拉升，变成影迷熟悉的上帝视角。这类镜头会凸显地球之庞大，还有人类之渺小和孤独，他们为了不同的神与偶像互相厮杀。若拉升一定高度，在高空俯瞰人类，他们连一根木头、一只蚂蚁、一缕沙尘都还不如。

这类在好莱坞电影里信手拈来的特效镜头，《风暴佳人》反复使用，变成飘渺空灵的叙事动力，足以说明它不是影迷常论道的史诗片。相比风格技巧，《风暴佳人》形式特别。它前后对半，切为两块：先是基督徒打倒了多神教，再是基督徒驱赶了犹太教。结局就是希帕提娅倒下了，亚历山大图书馆毁灭了，基督徒赢了，被写入历史。

《风暴佳人》表现了全景式的亚历山大城，踏出图书馆，有热闹的街区和广场，港口直通地中海。这部电影尤其适合大银幕，蓝色的星球和海洋在黑暗中亮起，还有黄色的土地、绿色的尼罗河三角洲、头顶的璀璨星空。银幕把一切放大，厚重的雕塑石像，精美的装饰纹章，一千多年前的器皿，磨损的台阶，斑驳的墙体……渐渐地，你所看到的，不只有宗教的疯狂，还会为早期大众的反智倾向而心悸，此间不过是希腊文明崩溃的一页，有人看到焚书，有人看到爱情，有人笃信科学。

希帕提娅的形象，不仅坚定、独立，且不妥协。当剧场上吹奏求爱的阿夫洛斯管，她为自由落体和太阳大小苦思求索。希帕提娅对爱情似乎没有什么兴趣，对暴徒手上和怀中的石头更是嗤之以鼻，她把一生热情奉献给了科学真理。后人历史一再说明，没有人会去怀念那些石头，但会铭记一再被掩杀和扑灭的理想光辉。茨威格说，那些尚未实现的理想，证明自己最难忘却。那些无法成为英雄的人物，亦能照亮我们的人生。

真理虽越辩越明，但狂热的暴徒只求肉体消灭的结果，不问对错。如果可以出老千，群氓一般掀桌，颠覆破坏规则，那么，命运也制造不了运气。

面对末日，希帕提娅与古希腊世界一同倒下。她依然要发出自己的声音，即便她知道那个名叫西里尔的对手已经赢了。

她信仰哲学，她必须怀疑。

遗忘是如此危险

《金城小子》

小康的故事

北京很大。待我拽着编织袋，提大小包，恨没能多出只手抹满头汗，来到这个掩在沙尘色天空下的城市，高考时选择北京高校的同学，大多已经毕业走人。

我们都在北漂，却不曾相遇。

小康是我高中同学，来自内山。明明都生活在一片山头，家乡人还分内山、外山。我和小康不算熟络——如今已然记不起高中班上足球队，他踢哪个位置了。小康干瘦，圆脸，小头，眼睛鼓鼓的，有时感觉机警，有时又像没睡醒。

他上五道口的林业大学。毕业后，找工作，找到老乡同学那去了。老乡介绍的，准是好事。他这一去，就进了北派传销大本营。他被限制人身自由，三天后不知道怎的逃了出来，据说连衣服都没要，头也不回地就一直往南走，走到了广州谋差事。后来那些年，他很努力，也混得不错。

再次听闻小康的消息，是他查出前列腺癌，晚期，绝症。之后是同学群的捐款，不大不小一笔钱。他拒绝了。

小康是在外读书、在外奋斗的大儿子，长期接济着不争气的弟弟。患上如此无药可医的重疾，沉默的父亲怎么都想不开，先儿子一步，上吊了。

会想起小康，是因为我在五道口住过。吃烤串、灌水啤，路过林大东门的我，总会想起来，曾有一名同学，在这里读过书。

小康不是认识的同龄人里第一个走的。2007 年，我人生失意，回老家讨生活，跟朋友常聚。其中一遭，来了很多人。有一个刚从师院毕业的，是初中坐我前桌的姑娘，叫阿玲。当年是短发，自然卷，再见时是长头发。那一夜，我往体内灌了比平时多三倍的水啤。一路回去，搂抱爱侣般，狠命缠住了摩的司机，吓得他不轻。不久后，阿玲去往内山学校工作，路上遭遇车祸，不治去世。

这些年的各种同学聚会，我都没参加。我只想等到 60 岁，那时会来的人应该也还有不少吧。大家伙举杯，环顾，点头，致意。一口酒下去，仰头那一刹，感慨还能活着，真好。杯中有酒的，都是苦涩的赢家。

我对小康的印象，停留在青春期的尾巴。我们一起，站在大合影的最后一排。过曝的画面，令所有人在高考后的面孔看上去更显苍白。蒙着纤尘的6寸照片，也跟着变得虚弱。想到承受命运苦厄这一切的，竟似乎还是那少年的身体。我很难过。

后来，当我在北戴河看到一架损毁的飞机，帮朋友搬家抖落出来一张蒙灰的X光片，我想起了名叫小康的同学，还有一部叫《金城小子》的电影。

拥有彼此

《金城小子》我看过三四遍。最早是2010年，在北京尤伦斯展览上。2012年，在香港国际电影节重温。之后出了台湾公视版本，分辨率有点低，好似你凑太近，看不清楚油画。

画要在展览上看，电影得回归电影院，不然都像围观菜市场里的野生动物——它们不应该在那儿——怎么个欣赏法。

刘小东是第六代导演的标签人物。王小帅找他和妻子喻红当演员，拍了处女作《冬春的日子》。贾樟柯本是去三峡，记录刘小东创作《温床》的过程的，结果纪录片《东》开拍之际，“科长”创作灵感不可抑止，大江分流，花开二朵，套拍剧情片去了。拍到《东》的曼谷部分，刘小东在日记上写道：一直在河上市场和大街小巷拍片，从心理到生理都很难过。

刘小东坦言，任何艺术家，都想着如何把别人当作自己创作的素材。到了《金城小子》，画家本人和台湾团队的磨合，显然要好上很多。纪录片呈闭合结构，首尾都是家长里短，耳背的老爷子，多话的老妈妈。刘小东画之前生活过的老家，也画了爸妈。最主要的，画了以前的朋友。

画家的创作现场，相对枯燥，过程漫长。画家的所思所想，如同切入城中乡野的电影画面，高速转动，捕捉触发创作的温柔瞬间，南风，水花，光线，尘埃。它们不一定要用“美”字来形容。画家爱这片土地，还有生活其间的人——他称之为情义。

早在2007年，刘小东就希望回金城老家画画，画火车、操场、庄稼地、杨树和水坑。《金城小子》里，刘小东画昔日玩伴老去的身体。他认为工人阶级和小城市居民都被遗忘，他要抓住机会，用油彩留下一些痕迹。梦里出现的景象，晨光夕照，小城的日与夜，雨雾烟尘，也统统变成了片中风物。

人们提起东北，无非重工业。提起东北影像文学，不外王兵《铁西区》，如今班宇、双雪涛。锦州边上的金城，也有着没落破败的工业城市的面貌。浮世万千，抵不过心头无言。东北的轨道，都通往一个迷茫的方向。

金城有茂密的芦苇荡，一望无际。日本人早早修建了造纸厂，留下整齐排列、一落一落的宿舍区。电影从这些老房子辐射出去，注视着铁道旁，岔路口，大凌河，庄稼地，街市店，采石场，地貌变化多样，甚至有些台湾电影的静谧气息。画家返乡的那一阵，雨水有点多。装载芦苇的小火车，好像也开得更慢了。画家和朋友等雨停，他们有更多时间可以寒暄，讨论那一年的天气。

《金城小子》更有东北粗粝的一面。上来就是比羊还大的狗肉块儿，身体里的铁砂，大酱缸子壮阳酒，在医院里自在抽烟。就连东北女人，也是想象中的脂粉妖娆。刘小东把现场作画看作当画家所享有的快感。按一般人的印象，绘画是闲情雅致地在工作室里完成的，到他这里，多半是大汗淋漓、会瘫倒的体力活。

画家生活自律，每天踢球。他觉得自己画画像农民，特别土。想要有好收成，还得求老天爷开眼保佑。当一个人的耕种，碰上了带队打仗似的电影拍摄，便有了《金城小子》。姚宏易带着摄影师，用高清数字拍绘画现场，记录一切，尽可能多地积累素材。数字机器，就是火力重炮。上发条的 16 mm 镜头，尽量不惊扰到当地人，连现场录音和拍摄都是分开的，机动，隐蔽，灵活打游击。《东》，也就是《三峡好人》时期，贾樟柯剧组在奉节找群众演员。城中就有恐怖传言，一伙外地骗子团伙正以拍电影为名拐卖妇女。

数字和 16 mm，两种摄影机，一种用来记录，一种用以抒情。一种像创作的火焰，一种像内心的雨水。人与风景，绘画与电影，黑土地和美丽岛，并行不悖。

慢腾腾的火车，风中涌动的芦苇荡，日复一日的小城故事，摄影机生怕扰了生活流。画家脑海中的时间线，不断重组过去的与现在的记忆。正如 16 mm 片段，电影自带一层怀旧色泽，像煮熟的油彩，过滤了无所事事和脏差乱，又在时间的城墙内部，打开一个豁口。瓦尔达说，电影不是为了让时间静止，而是为了和时间共存。电影里的金城，美得不像是它的当下，比它任何时候都要美。

拍电影的人等云到，作画的人等雨停。天气变化，最是寻常不过，可对创作者来说，却可以左右他们的灵感冲动。这是一群行走在时间轨道上的观察者，他们乘着光影旅行漫步，在过去、现在和将来中穿梭。画作上的时间是静止的，电影里的时间是有长度的，生活中的时间则是漫无止境、包罗万象的。它们相互依赖包容，正如画家画画，引出电影，电影记录发生经过，又变成画家的记忆。

人的痕迹

《金城小子》容易被认为是画家衣锦还乡、自抬身价的结果。刘小东不满艺术被金钱标价，可他的画又一次次地卖出天价。

至于画朋友这件事，画家三十年前就做过了。当年为了离开，现在为了回来。如果允许初心这样的词出现，它和绘画一样，从未改变。变动中的故乡，重新得聚的朋友，褪色的画面，模糊的记忆，他们一起老去。《金城小子》没有直接表现过去的青春记忆，而选择了由画家本人提起，老友手中比划。

画家选择回故乡作画，是在北京时的一次触动引发的。臭水沟边拿着X光片的两个老人，正在议论自己的身体状况。这个场景，令他想起金城的伙伴。刘小东说，他的画是关于人的故事、人的崩溃的。

《东》里的刘小东是一个职业画家。《金城小子》里，他不止是画家，还是父母的儿子、朋友的玩伴、台湾团队的合作者。刘小东认为，画家作画只能选择一个角度，对象需要摆在那里，最好不动。他可以制造一些东西，但要舍弃更多东西。拍电影就不一样了，导演可以选择多个角度，进行全方位记录。他画故乡老去的朋友们，姚宏易拍摄变老的画家，他们在不同的位置，又好像可以互换。

电影中的金城，在刘小东回家的三个多月里，一下子跨越了夏、秋、冬。《金城小子》多处用到维瓦尔第的《四季》。这组曲子和台湾电影之间有段故事，能不能写入电影史另说，但可以称之为台湾电影的传统。拍《风柜来的人》时，侯孝贤用了李宗盛写的音乐主题曲，电影上映后很快下线。后来送往国外，杨德昌建议说，不妨配一版古典音乐，他建议用上维瓦尔第的《四季》。用侯孝贤的话说，《风柜来的人》“重新活过来，有了生命”。这个版本就是后来我们所看到的版本，从它的第一镜头起，就有了所谓的侯孝贤风格。林强选用《四季》，好似侯孝贤的乡土记忆，在大陆重新复活了过来。相似的城市化进程，一样地熨帖人心。

他们在卡拉 OK 厅，高歌狂吼《可惜不是你》《鼓声若响》《多想告诉你》《把根留住》《三套车》《卓玛》《向天再借五百年》《我相信》《无言的结局》，跑调者居多。侯孝贤也从人群中跑了出来，开唱闽南歌，献唱完毕，大家一起跟故乡、跟往事干杯。巧合的是，《金城小子》《侯孝贤画像》《汾阳小子贾樟柯》，三部纪录片里都出现了 KTV。就连现在提起这三个字母，我都觉得它带着几分乡愁。

还有一部讲述画家作画的纪录片，是维克多·艾里斯的《榅桲树阳光》。电影里，画家等待最好的阳光，落在结果的榅桲树上。长时间的等待无望后，他舍弃了未完成的油画，选择了素描。

画家解释说，生活也是如此，世事不可能完美无瑕，你必须放弃一些东西。刘小东也坦言，追求完美是自己的精神诉求。世人皆知完美不可得，只能享受追求完美的过程。

《金城小子》结尾处，刘小东搭建的画棚被蓄意破坏，里头未完成的画作也一并被毁。画家选取熟悉的人物、合适的背景，希望找回失去的东西，岂不知，有些东西是注定要失去和遗忘的，如同醉汉引发的撞车。《金城小子》突如其来的破坏现场，正如《东》里面意外去世的包工头。有些东西就是赤裸裸的巧合，明言它们已经无法存活于当下。

身体是多么脆弱，遗忘是如此危险。人类拿起画笔，架起摄影机，留下一些存在过的痕迹。

你是个大笨蛋，老爸

《点球成金》

有关体育运动的电影，它们多与“更快、更高、更强”的奥林匹克精神相近，不是超越自我、创造奇迹，就是倒在了追梦的路上，不馁不躁，初心仍在。

无论造梦还是碎梦，它们都有终点明确的冲刺方向。为了打棒球，*KANO* 要写穷孩子的人情冷暖。韩国的《国家代表》，运动员报名参赛，理由自私得五花八门。这些背景都使得片中人物为比赛拼搏更为真实。

《点球成金》难以归入此列。它让有人物原型的比利·比恩，拿下了创造历史的连胜纪录。可是，他并没有让球队拿到冠军，也没有彻底改变游戏规则。他成功了，同时他也失败了。电影以外，现实中的比利·比恩，至今还在奋斗。

《点球成金》被冷落的原因，我也能想象。北美四大职业体育联盟，其中三样比赛，即美式橄榄球、棒球和冰球，我都看不懂。如果别人死活不信美国和中国差异到底有多大，搬出来这个例子，就差不多了。看不懂棒球的我，顺利看完了《点球成金》，因为这不是真的在看棒球，而是在看电影。这部电影的泼墨华彩，几乎都发生在球场以外。

电影始于奥克兰运动家队与纽约扬基队的一场比赛，运动家输了，经理比利·比恩很生气。《点球成金》在开头埋了许多关键信息。奥克兰运动家队是个“穷人队”，球队薪资预算只有纽约扬基队的三分之一。主人公比利脾气不好，好像比任何人都更懂得失败的滋味。他不在比赛现场，只用收音机听。电影采用简洁的镜头，以声音的进出，一静一闹，反映比恩的心中焦灼和人生迷茫。之后的棒球比赛，无论战况何等紧张激烈，《点球成金》都没有沉溺于激情狂热，而是一再采用屏障、间离和消音处理，反其道而行之。棒球场一再消退，隐没，融入黑暗。

电影陆续交代原因：原来比利曾是行家看好的全能型新秀选手，他拒绝了斯坦福大学的奖学金，选择成为职业棒球手，却没能大红大紫。比利·比恩与妻子离异，偶尔见见女儿。《点球成金》没有采用老套的闪回讲故事，而是不设防地插入往事。

比利为何没有成为明星选手，他的婚姻为何破裂失败，电影不作详细交代。总而言之，比利44岁了，现在当球探，棒球职业生涯不成功，只有高中学历。他感到奥克兰运动家没有希望，自己这份工作也没有前途。他要不到预算，打不过财大气粗的富豪球队（例如纽约扬基队）。穷队发掘新秀，培训新人，输了比赛，被挖墙脚——他想打破这该死的恶性循环。穷则思变，他碰上了擅长统计学、处理大数据得心应手、耶鲁经济系出身的谷歌小子。

有趣的事情发生了，大部分中国观众不懂棒球比赛规则，正如电影也没有打算让观众真去看懂魔球的大数据分析。它并不是什么商业专利和无上机密。相反，一行又一行的数字代码，并不是真的要招募一堆破铜烂铁，来打一场逆袭翻身仗。魔球追求的理念，是会花钱，或者说：在没有钱的情况下，什么球员值得买。

铺满全片的，并不是比利二人组的攻守同盟，而是通过比利的日常轨迹——求老板、杠教练、凶团队、开球员——带出一支现象级职业棒球队诞生下的生态记录。最有趣的一幕，是他要抢一个球员，办公室八九通电话来回，终于得手。比利与谷歌小子之间，只讨论工作，不介入私人生活。《点球成金》是关于一个经理人对棒球比赛的理解和探索的电影，它讲的是在工作职务与社会角色以外，一名中年男人的自我反思。观众要跟随他，重返回赛场，主动去寻找比利挥棒后的人生得失——那可能就是一个被击中的、飞向球场尽头的棒球。

与其说比利和谷歌小子料事如神，倒不如说他们只是想尝试棒球比赛的另一种玩法，让那些被冷落、被耽误、被边缘化的另类球员，重新爱上棒球。比利教育谷歌小子，开掉球员要干净利索，像按掉电灯开关那样；他却在裁退一名伤员时，彻底感受到对方的失落弥漫了整个休息室。人群散去，球场灯光暗下，比利再一次体味失败之际，谷歌小子却让他看一段录像。有个球员，甚至不知道自己打出了全垒打，兀自在场上跑啊跑啊跑。比利的确改变了什么，正如波士顿红袜队开出的巨额数字，正如那段录像。尽管他内心的自己，更多还是女儿歌声中随时可能会倒霉失业的笨蛋老爸。“You are such a loser，Dad”，那是一首失败者之歌，也是一首爱之歌。

一般说来，要树立一个人物，让比利把赌注压在球队战绩身上即可。观众会感受到他的疯狂与热情，却不会产生对他的理解与同情。像华尔街之狼的精力充沛，像超级英雄的无往不利、无坚不摧。电影有时只需展示人物最特别的一面。

《点球成金》没有内心独白，横轴展开生活的同时，又在时间纵轴上，翻开比利从1984年上场比赛至今的年历。热爱棒球的他，始终无法实现自己的梦想。他可能想过放弃棒球，却最终没有。这个人物，真实又立体。电影必须得设置比利在场外的生活，去建构他的个人生活和家庭角色，光是当一个嗑瓜子吐痰、连皱纹特写都在发飙、独断专行的不完美主人公那还不够，比利还得是一个双重寓意上的失败者，观众才会给予关切。他的职业诉求，也是他的人生诉求，只能如此，非做不可。

赌徒做派的比利，引发了球队内部的抗拒情绪。但他的对手，并不是冥顽不化的联盟，而是他自己。他太需要给自己一些新动力，给别人一些勇气。那个害怕球从正面飞来的家伙，是后来在《银河护卫队》扭着身子放着歌出场的星爵。比利要走回球场，也要让那群人走向一个新的世界。受挫的激情，被毁的希望，实现这样的最终梦想，连比利自己都没有意识到。这就是棒球的魔力，专注的魅力。他超越着自己，进而成为自己。

从《卡波特》《点球成金》到《狐狸猎手》，贝尼特·米勒的冷色故事，碎梦结局，一再将电影的最大反派，安排为主人公自己，一改好莱坞叙事传统。试问，你见过一部电影的高潮反转，是结尾出的字幕吗？

有人会觉得，比利太爱棒球了，这是真的。也有人觉得，他讨厌棒球，想着摧毁球队也摧毁自己，这也是真的。真相就藏在这二者中间。在比利看来，奥克兰运动家队的症结，出在花太多时间，去输掉一场又一场受资金操纵的游戏。他试图使游戏系统崩溃，哪怕变成人人闻之色变的魔球病毒。

比利永远想打赢最后一场比赛，拿到 99 分到 100 分的那 1 分。但这场比赛，一直没有到来。之于人生，这场比赛确实永远不会到来，除非到了你会知道的那一天。

Just enjoy the show.

生是一部电影，死是一张照片

《36》

说起泰国，人们往往逃不过旅游胜地的固有印象。

21 世纪以来，大家对泰国电影的印象，似乎也只有鬼片、邦哥、小清新和托尼·贾。最近，《天才枪手》又一跃成为泰国电影的新名片。我一直以为看过《36》，后来发现，是把它跟 2016 年在上海国际电影节放映的《一瞬》搞混了。

生于 1984 的导演纳瓦彭·坦荣瓜塔纳利（Nawapol Thamrongrattanarit），写剧本，拍电影，玩转类型片，输送小清新氧气，样样不落。他甚至还拍过 1990 年代泰国地下盗版文化的纪录片。

有一次，纳瓦彭在柏林旅馆的公告板上，注意到一个人留下的一则消息："亚历克斯，我把'记忆'（Memory）留在柜台了。”当时，他就被“Memory”触动了。“Memory”既指记忆，又指存储卡，好比闪存卡就叫 Flash Memory。人们把越来越多的记忆放入记忆棒和存储卡。纳瓦彭说，他对此感到迷茫，遂有了《36》。

这个时代，摄影、视频和流媒体的影像无孔不入。苹果公司在黄金地段，打出了使用 iPhone X 拍摄的巨幅海报。在中国玩相机的，十有八九感染过两种“病毒”。一种是街头摄影的森山大道，一种是私房摄影的荒木经惟。合肥抄水表工刘涛，用理光相机在合肥抓拍快照，老外在京郊提炼硝酸银的垃圾场，翻出了一座“北京银矿”。与那些可以被转让、买卖和收藏的照片相比，我们所拍过的、熟悉的家庭照片，早已变成了数据格式。有些被分享，运气好的被打印，绝大多数被清空、丢失和格式化，杳无踪影。大容量、高像素、无人机上天，摄影术不再神秘。个人自拍和家庭照片，它们的命运，往往是死亡。

《36》触及了数码时代的恐慌。拥有了更为简便的技术、设备，我们以为拥有比以前更丰饶可观的影像记忆。事实上，除了按下快门的机械动作，最后，我们可能连一张想要的照片都没有留下。

人们怀念的照片有两种。一种是茫茫大海，万千照片中的某一张，代表一个闪亮的时刻，一段甜蜜的回忆，一个亲近亲密的人。另一种是没有被拍下来的照片，说再宽泛点，要么“那张相片”已经遗失。

“那个时候，有个能自动按下快门的相机就好了。”

人生的许多时刻，总会冒出这种念头。相片充当一个时间刻度，照相机就是一把古人手里的小刀和工笔。再好的记忆，也并不可靠，它无法变成直观的实物。人活在世界上，总归是要留下点什么。

事实偏偏是，即便你手里有了机器，你的手也未必跟得上你的心，更何况你的眼，在美与发现面前，也未必可靠。于是，人们依赖并美化记忆，那个工作量比调整照片、后期修饰来得更加夸张离谱。

黑泽清在他的法语片《暗房秘密》里，展示了赫赫有名的银版摄影术（即达盖尔的发明）。摄影对象被钢铁支架固定住，拍法之折磨，好比生物实验。被拍者不像能动的活物，而是死寂般的僵硬存在。更离谱的是，当照片显影，那个人又活了过来。

照片在招魂，也招引出记忆。

今时的人们，把婚纱照看得比蜜月和结婚证更重要——至少是同等重要。被修饰得雷同的影楼外拍照片，或一派欧陆风情，或带着南太平洋的微笑。但在我看来，动辄几万元一套的魅力，还不如外婆在民国时期的一张西式婚纱照。

这张照片，是外婆与外公唯一留下来的照片。外公在60年代辞世，压箱底的照片，度过了怎样的劫难，不难揣度。外婆走了以后，这张婚纱照才出现在我们眼前，也填补了我对20世纪前半叶的空白想象。

那是1941年，课本上读到的，应该是抗战相持、民不聊生的年份。可照片上我看到的，婚礼依然热烈地举行着。照片上连同新人，共有32个人。男着中山装，女着旗袍。前面还有四个花童，两男两女。就连大舅这一辈人，都对不上来，站立者分别是谁。仅有的突破口，是花童——右边的，大概是外厝那谁谁，后来漏夜下了南洋。

外婆后半生是辛苦过来的，拉扯着二舅和母亲长大。形成鲜明对比的结婚照，体面，大气；亲友的状态，不能说是喜上眉梢，至少也是照常生活。一张照片，让我见证了民国时代传统中国大步西化的婚事。

外婆保存照片，我寻找照片。父亲走得突然，我遇到一个难题。他从海军部队退伍后，除了巴掌大的黑白结婚照、寸照，居然再也没有留下任何一张正式的个人照片。临时的解决方法，是拿身份证的证件照去放大。

原来青春时代，父亲已经把他一生的照片都拍完了。其中一张，是在日光岩，身后的鼓浪屿是黑白颜色，红砖别墅今天仍可见。舰艇上的年轻子弟兵，70年代末，挡不住的意气风发。

我至今都没有上去过日光岩，游泳也刚要学会。这么说来，即便是照片上的父亲，也一直比我厉害。

压在玻璃板下的黑白照片，经过几十年的重负，紧紧附着在了无机物上。许多照片不得不手动撕下，一个不小心，回忆就被撕成了一片又一片，不复完整。

我还遗失了一张照片。

张震岳《爱的初体验》流行了好几年，我却重演了一次歌词：

把我的相片还给我

在你身上也没有用

我可以还给我妈妈

至今都想不明白，我会糊涂到把数十封手写信，还有8寸放大的小时候照片，在分手后一起交给初恋女友。五六年过去，我方才意识到，那照片于我的珍贵，远甚于我认为珍贵的许多事物。信上满是感伤的胡言乱语和饶舌的虚无迷茫，烧毁了也不可惜。再想要回照片，答复却是，不知所踪。可那张照片上，是一个天真好奇的、打量世界的我。

再心爱的好物，再珍贵的记忆，若交予他人，不免有沦落到垃圾堆的下场。不存在的我、模糊的我和消失的我，外婆陪伴我成长，父亲送我上学，我在爱情中迷路。我寻找照片的下落，寻找那些记忆的碎片。

《36》很短，它由36个近乎止滞、直接截取于现实生活的固定镜头组成。纳瓦彭把镜头对准了毫无生机的工地废墟、电脑桌面和住宅墙壁，只提示空间，却显得缺少内容，简直对庸常生活怀有强烈敌意。

相片快门只有百分之一或千分之一秒——一个无法被具体衡量的瞬间，看相片人眼里，却是正在流动的生活。那些生活，本是电影里的缓慢重复，无聊无言，可是，隔得愈久，你愈怀念它。

紫红色的鸟飞向了大空。

一个人拿起了相机，一个人选择用眼睛去看。

紫红色的鸟消失了。

它变成了数据。它变成了记忆。

影片分成36段，不见得有特殊原因。它对应一卷胶卷的张数。正如36段故事，有36个标题短句提示，却不一定是行之有效的修辞格式。

《36》打动我的，是寻找照片的过程。女人找男人，老奶奶问小女孩。但凡有戏剧性的东西，全部被隐去了，就像墙壁的背面，就像正视太阳所引发的短暂失明。

当照片唤醒记忆，你会发现，一瞬间的真实、存在与美，已经逾越了不露真面目的小清新伪装。照片本身，才是真正的永恒。记忆，则是一道最美的滤镜。

2017 年，有个“3 天后显影”的摄影 APP 走红。它走红的原因，并不是仿胶片，而是其时间胶囊的设定。如果人们每天所拍的一切，都要 3 年后才显影，你是否还会记得当时的场景和心情？你是否还愿意，每天拍几十上百张姿态一样、无限重复的美颜自拍？你是否想回到过去，像不能违反时空悖论的旅行者，只为用眼睛，留住一些画面？

《36》不关心现代人的感知退化，也不对记忆的消逝感到悲哀。如果有什么事情是重要的，可能就是摄影和相片本身了。在频繁的载体（手机、电脑和硬盘）切换中，数据复制粘贴，备份云盘，看似无限便捷，牢固不可破。事实上，它又比以往任何时候都要脆弱，丢失清零的风险极高。试想，找一张十几年前的照片，翻冲洗打印出来的照片，应该比数据照片来得牢靠。

这个话题，也可以一直延伸到数字电影的天下与胶片电影的消亡。

到底有什么东西是永恒的？

有限生命的人类，总想抓住无限的记忆。我们所要的看似很多。我们所要的，其实不多。你所能看到的，接触的，不过是这个星球上的零星半点。如此说来，拍照的人，从不贪婪。

赛车上的古龙

《极速风流》

《极速风流》是套卖点明确的F1赛车片，仅靠“风驰电掣”“电光火石”“急若流星”“一闪而过”之类词汇，显然还无法形容到电影的精髓。这些说辞，容易叫人联想到花哨的剪辑，近乎炫技的快切。就连迈克尔·贝之流，也会耍得你眼花缭乱、应接不暇。

到了三级赛场才头一回死磕，尼基和詹姆斯并没有在后来的赛场，完成针尖对麦芒的频繁较量——至少在电影中是如此。两个人争夺兵器谱排名第一的进程，大多以幻灯片形式出现，简单给出结果。此外就是些打嘴炮、竖中指，关键的意外和退出之类的画面，给得更多的是场外表现。

《极速风流》讲两个性格截然不同的男人之间的惺惺相惜。

他们的最大不同，不是战术策略，不是赛车好坏，不是车队赞助，而是性格魅力与人生准则上的差异。他们更像两把不同的兵器，刀和剑，有自己的用法，打不同的套路。如同汽车的出厂设定，他们不为周围形势所动，选择自己的方式去燃烧生命，从未动摇。

如何拍摄F1这项以速度和转圈为主打的赛车运动，多数人可能会想到《速度与激情》系列——一个不断挖坑和补洞的飙车电影。可哪怕挂上人物主观视角，F1赛车影片也只会令影院观众呕吐犯晕。那么，放弃紧贴地面、秒速七八十米的镜头，转用航拍和解说员来表现呢？果真如此，我为何不直接去看现场直播？

《极速风流》采用了一个传统的双雄叙事模式——这两个人一直对抗，从不合作。他们的性格差异如此之大——詹姆斯毫不掩饰地彰显他的男性魅力，长发，筋肉，裸臂；低调的尼基，初次会面，都没有被视为是一名赛车手。

面对他们共同热爱的赛车事业，两个人付出的方式也是不同的。詹姆斯不要命，不愿错过任何一线机会，彰显侵略性，挑衅对手。他张扬，骄傲，是天生的明星。燃烧得快，熄灭得也快，是激情选手。尼基有条不紊，是用脑子在比赛。身在重症病房，心在赛车场。不管是烧得血肉模糊，还是插管了到肺部，虐得观众生理疼痛，他都只跟医生说，再来一次。他烧伤未愈，艰难地套上头盔，一个由远到近的变焦，瞬间令人进入他的内心世界。

看到这一幕，我想起周星驰在《大话西游》往头顶安上紧箍咒的情节。戴上它，承受它，与它合为一体，那是无可取代的理想追求，人车一体，是无怨无悔的人生付出。

这部电影不以最后一秒钟悬念，来吊观众胃口。即便日本富士山赛道，就像德国赛道的重演，很少有人可以想到，尼基做了那样一个选择。正常的好莱坞模式，无非两个人血战到底，拼出来个 0.01 秒或者 0.001 秒之差，胜者王，败者寇。《极速风流》顺水推舟，把这种桥段设计成了两个世界冠军的互相注视。真正煽情的大杀器，是尼基的旁白，是蒙太奇的魔力。一个世界冠军，终于走到了生命燃烧的尽头。

一次次轰油门和胜利欢庆背后，《极速风流》站在同一个出发点，两名赛车高手却走了不同的路，并且他们都获得了成功。即便性格不同，他们在有些地方依然相似。他们反抗来自家庭的束缚，反抗来自周围人的敌意与偏见，反抗愚蠢落后的车队的陈规，反抗生命和生活本身的平庸。这一切，为 20 世纪 70 年代的 F1 赛场带来精彩较量和新鲜话题。他们就像古龙小说常见的独行侠，自我，偏执，顽固，天生带有反抗意识，时而消极、愤怒，心结难解，最后成为武林顶尖高手，而不背负任何家国大义。他们只追逐热爱的东西，武功，兵器，或天下第一，不计其他。

不难发现，《极速风流》讲的几乎都是心理战和内心戏。这或许是表现绝顶高手魅力的最佳方式。他们的技术都是世界顶尖，从一出场就是。他们最大的敌人，只能是自己。赛场上的敌人，则是内心深处的朋友。

女人在电影里也不是花瓶。女人们挡不住詹姆斯的微微一笑，他的人生战绩同样颇丰。至于尼基，顾家好男人一枚，体验到人生幸福后，他表现得有些动摇与害怕。不难发现，在对待情感问题时，这两个人也是彻底不同的。总之，无论是一点即燃、厮守陪伴还是最终离开，《极速风流》的女人，似乎天生就了解男人。这也是已成套路的中文译名背后的玄学，极速来自赛车，风流来自女人。

说英雄，他们都是英雄。

爱让我们看到更多

《星际穿越》

认识一名诺兰“黑”。他试图这样激怒诺兰粉丝：

> 你一开始以为看的是今敏，到结尾你才发现，原来是刘伟强。这是《盗梦空间》。
>
> 你一开始以为看的是库布里克，到结尾你才发现，原来是陈可辛。这是《星际穿越》。

鉴于在最喜欢的诺兰作品《致命魔术》上，我们抱有共识，我并不反感他的说法。诺兰作品之所以出现这种争议，不外乎他拍得出流行大卖的商业电影，又一直有作品复杂难懂的“烧脑神话”。

事实上，我挺喜欢诺兰的。电影院重映《星际穿越》，我又进去看了一次。连“S-T-A-Y”这样的赤裸裸的硬煽情段落，六年后的我，还是很受用。爱并不使我们变盲目，它让我们看到更多。

曾有人如此描述生命：我生的时候，祖父已经六十多岁了，我长到四五岁，祖父就快七十了。我还没有长到二十岁，祖父就七八十了。一过了八十，祖父就死了。

黑发人送白发人，生命的自然规律，无法改变的时间进程。三两句话说不清的相对论和量子物理学，《星际穿越》选择将果壳打碎，把时空错开，一边是地球时间，一边是星际旅行。当女儿到了父亲的年纪，她意识到，父亲可能再也不会回地球。信守的诺言，变成了最后的遗言。她出现在雪花的视屏上，抱怨起来。电影院的观众，见证时间的荒谬与无情，纷纷哭泣。

如果进出过医院的放射科治疗室，当厚铅板关闭，从控制室看半悬在空中的治疗台，回想《麦兜·我和我妈妈》把太空旅行和医院离别放一块，会猛然发现那不是小儿童话。

父亲乘太空船远去，女儿在医院归来。这是诺兰的生死图。父与女的情感，已经变成了无须牵挂的过去式。时间是真实不可逆的，白云苍狗、参透生死的段落，是绝顶煽情的文艺片桥段。出现在一部科幻片里，它产生了另一种功效。作为类型片，科幻片的走向，无非是希望与幻灭。《星际穿越》选择了希望，并选择了世俗的爱。因为大多数人，都胜任不了生命守护者的角色。

近二十年，围绕诺兰的造神声浪，一波高过一波。现在的他，已经胜任好莱坞巨匠的角色。作为一套商业片，诺兰并不具备哲人高度，他要着擅长的平行剪辑，制造了迷宫般的五维空间，开讲虫洞黑洞理论，落到实处的，还是那阻隔不断的以引力形式出现的父女情。

诺兰的做法，是把深奥的东西给具体影像化，相当于进行一次影像科普。如果无法理解五维空间，那么，就按照电影的指引，把它当作幽灵存在好了。《星际穿越》的节奏，缓慢得惊人。不说DC、漫威的爆米花大片，就是《阿凡达》与《地心引力》，在纯粹观赏效果上，都比《星际穿越》来得精彩、紧凑，冲突强烈。这样讲，并不是说《星际穿越》就不精彩。它的看点，更多落在了煽情感人上。即便它还有更深远的用意，譬如唤醒人类对太空探险的热情，警醒人类不要死守着地球；诺兰的初衷，便如网络上铺天盖地的反响那样，是使观众哭成泪人。

从诺兰选择胶片拍摄等幕后故事中，可以窥见他比较保守的创作心态，秉持古典主义，这也引导《星际穿越》成为最终模样——看着不太像一般科幻作品描述的未来世界，似乎更接近于生态环境进一步恶化的当下。机器人的造型，飞船操作方式和舱内景象，它们都没有精致的华丽感，而是透着低调朴实的复古。

要挑一部电影的刺，太容易。有人要吃荤，有人要吃素，有人想在素菜里面吃到荤的感觉。总而言之，众口难调。父亲与女儿的情感，有些拖泥带水。主线以外的副线和配角人物，几乎都不出彩——除了作为超级彩蛋出现的马特·达蒙。同是爱的感言，安妮·海瑟薇在飞船内的发言，听上去站不住脚。想要制造紧张冲突和戏剧高潮，却有跟《蝙蝠侠3：黑暗骑士崛起》一样笨拙的冰原打斗。五维空间与三维空间的对话，《星际穿越》除了大放紧张到令人窒息的配乐，在场面调度上，诺兰依然没能把冲突跟真正悬念完美结合。换言之，《星际穿越》真正引人入胜的地方，并不在动作场面或平行蒙太奇。一个同步旋转的飞船对接，它的精彩程度，都要远胜于此。

有人把《星际穿越》当作一部亲情片，当作煽情的情节剧，只要参照的对象没有摆错，影片依然出色。它编织了一个如此美妙而残酷的梦幻太空，外壳坚硬，内心柔软。在数字的时代，《阿凡达》和《地心引力》是一个发展方向。诺兰却坚持固守旧式的那片领土，将所有关于人类的拯救，所有加于地球和世界之上的付出努力，统统归于人类最朴素的感情——爱。

在不少人看来，科幻就应该是冷冰冰的，是暗黑的普罗米修斯。调性较软，情长还意短的片子，它们的文艺片属性，就更为强烈，那会导致科幻的纯度、想象力和不确定性，被无形削弱和约束。《珍爱泉源》里面，达伦·阿伦诺夫斯基讲爱情轮回，大起大落，被批老土。《生命之树》，星系变幻，恐龙爬行，灵魂出窍，儿子审视父亲，有人看不懂。沾亲带故的科幻，尚且如此，落到《星际穿越》这种片名满是“硬科幻感”的作品上，不少人拒绝相信，人性中的爱，居然可以打破时空、穿越宇宙。这种“神棍片”，怎么看都不是科学。

光有感情，当然不能一生一世。不过照诺兰这样拍，好像也没有什么不对。黑洞里的世界，本是不可知，只怪诺兰把事情说得太透。黑洞吞噬着一切，有进无出。人类拯救了自己的命运，却无法让时光倒流，也无从改变既有的生命和历史进程。《星际穿越》用很小的两个点，尝试去映射一个宇宙的浩瀚无穷，光是这股任性和野心，它就已经足够成功了。

该换个活法了

《超新约全书》

上月振奋人心的科学事件，是天体物理学家发现了引力波。果不出其然，不可知背后，它也被解读成神或上帝的恩典。

《超新约全书》刚好讲了上帝恩典这回事。虽没有入围奥斯卡最佳外语片五强名单，电影口碑之实在，也出乎许多人意料。《超新约全书》是这堆年度热门国际片子里最“嗲”、最轻松和最触动人心的一部。我甚至觉得，它比《索尔之子》都“好看”，是我愿意再看上几遍，或者重温其中段落的好片子。

以上帝的名义，《超新约全书》没有像伯格曼或塔科夫斯基那样，去深入探讨宗教信仰和人性冲突的问题。它戏谑了无所不能的上帝，将他刻画为一个散发着男权气息和父权威严的中年大叔，邋遢，粗暴，恶趣味。对妻子大喊大叫，对女儿大打出手，活脱脱恶棍一枚。

我并不想探讨上帝这一话题。正如电影最后，也只是把睡袍上帝换成了粉红上帝，换汤不换药。上帝和新约全书只是一些笑料，好比老梗新编。《超新约全书》打动我的地方，是库布里克的斧头和黑客帝国的母体之类的影迷情趣，是语不惊人死不休、眼花缭乱的摄影术实验。一击即中我内心深处的，还是雅克·范·多梅尔的赤子之心。拥有一颗赤子之心的电影导演，当世的并不多，法国的西维亚·乔迈、美国的韦斯·安德森和理查德·林克莱克，以及日本的是枝裕和，他们都在名单上。

所谓赤子，绝非只是拿小孩子的反抗和选择做文章。

雅克·范·多梅尔是一个浪漫诗人，善于捕捉生命中的动人时刻：一捧金光闪耀的珍珠，落在了大理石的台阶上；一个普通寻常人的心跳，是一首无人知晓的古典乐章；一具青春美艳的肉体，成了中年男子魂牵梦萦的毕生心结。不止一个朋友说，看到亨德尔的手之舞，上班族的行尸走肉，色情狂的年少追忆，杀手的自我拥抱……泫然欲泣。

电影吸引我的一个设定，是每个生命的末日时间被泄露。被苹果品牌粉丝拜为上帝的乔布斯说："如果你把每一天，都当作生命中最后一天去生活，那么有一天，你会发现你是正确的。"

这话听着……有点像高级"鸡汤"。

我喜欢的日本作家伊坂幸太郎，他在《末日的愚者》这样说道：如果明天就要死了，你会因此改变现在的生活吗？那你现在的生活，到底是打算活到几岁的活法呢？

《超新约全书》六个福音篇，全部脱胎自这个末日设定。奴役和折磨人类的痛苦烦恼，大多源于童年和家庭不幸。往后失意、失落、失败、失魂，得过且过，撩动不到内心深处的渴慕追求，妄谈更高的生命理想。雅克·范·多梅尔深度痴迷于这个人生命题，从《小英雄托托》到《无姓之人》，小时候投向水池的石子，产生了永不停歇的生命涟漪和无形海浪。

争吵不休的夫妻，如果得知对方的死期，是否还会一直跟对方吵架，直到他死去？郁郁寡欢的多数人，是否真能说走就走，及时享乐？须知多数人的死亡，往往不是一命呜呼的事情。《超新约全书》用不可能写可能，用电影把玩生命。这三五天或几十年，与人类进化和宇宙始末相比，不过是苟活的一瞬，随时都在死亡边缘涉险。

即便是个嘲讽喜剧，《超新约全书》还是容易被解读为失败者的心灵乐章。多活一天都觉得赚到了的感恩之心，又谈何容易。《超新约全书》所做的，是传递福音。作为观众的我们，则是电影的忠实信徒。

“白富美”凯瑟琳·德纳芙段落，《超新约全书》表现光鲜亮丽的家庭生活和婚姻情感背后也存在缺失与遗憾，以致最后坍塌得比普通家庭还要快。这相当于说，每个人从出生到死去，都是孤独运动的不完整存在，被玻璃罩密封，在文件包紧锁，于豪华别墅囚禁。但每个人与周围世界，仍有神秘联系。最后一篇福音，多梅尔还政治正确了一把，让红衣男孩得以逃脱天生的身体性别。

从艺术片、色情片到小清新，这部电影应有尽有，宛如一条珍珠、贝壳和玛瑙所编成的生命项链。它不需要变成完美经典，作为动人佳片，已值得放入架上收藏。

没成为你以为的那个人，真的很抱歉

《比海更深》

看完《比海更深》，想起来两件事情。

从社交网络上刷屏的一条广告说起吧。“致 25 岁还一事无成的你”，讲的是几份年轻人的求职简历，被匿名处理后，交给了一些企业界大佬们过目。

不出意料的是，大佬们指指点点，横竖看不上。

更不出意料的是，揭晓名字后，他们都是已经声名在外的显赫人物。有拍电影的李安，烘焙面包的吴宝春。这是一个希望基金会的广告，呼吁社会关注年轻人，大胆接受那些“大器晚成”的年轻人。

另外是最近看的一个片子。米哈尔科夫导演的《未完成的机械钢琴曲》，改编自契诃夫的一系列剧本。全程吵吵闹闹，人物连跑带跳。结尾，主人公普拉东诺夫突然陷入崩溃，他咆哮着：我已经35岁，一切都完了！莱蒙托夫在坟墓里已躺了8年！拿破仑早已经当上了将军！而我活在你们这该诅咒的生活中一事无成！

没错，他想一死了之。他朝河边狂奔而去。

《比海更深》多次调侃了大器晚成这一词。主人公良多，活在了反抗正常生活但好像已经没有了生气和动力的窘困中，他靠揶揄、闪避和自我告慰度日。

对喜爱是枝裕和作品的影迷而言，《比海更深》是一部熟悉到不能再熟悉的片子。它拍得简单、细碎，看起来又自在、从容。从横山良多、野野宫良多到筱田良多，从《步履不停》《如父如子》到《比海更深》，是枝裕和好像在创作一组吴念真式的“这些人，那些事”，缓寻世间好物，以真诚款待生命。电影围绕良多和他的家庭纪事，涉及暗黑的过去，戏剧的调包，也有温暖的治愈，与观者推心置腹，一如夏日的清风，大洋的暖流，归家的夜灯。

这一次的良多，处境更加落魄、尴尬。他是个不太着调的小说家。十几年前拿了一个文学奖，奖项却并没有带来真正的名气和物质回报。如今父亲辞世，妻子离婚又带走了儿子。他干一份私家侦探的闲散活，过着没心没肺的邋遢人生。

我特别喜欢电影的开场。母亲和女儿进行着日常对话，提到了这个家庭的现况，也点到了那个“大器晚成”的主人公。然后，主人公良多，面带失落神色、一脸疲惫的良多，在一声声口哨背景配乐中，乘一趟列车出现了。

后来的场合，良多在人前总是一副强作欢颜的样子。对儿子，要演得像个有实力的好爸爸。对前妻，要装得像个有骨气的男人。对母亲，他表现出来一直在努力，是个争气的好儿子。对姐姐、同事、老板，他也是一套不甘心也不服气的语言表情，不希望被周围人和这个社会看不起。

只有当他一个人的时候，在母亲家里翻箱倒柜，对前妻身旁的男子评头论足，或者像开场那样，一个人在列车上，他就会流露出掩饰不住的失落。原来自己不只有缺憾，还是一个人生输家。

不仅如此，良多还是一个败光了老本的赌徒，没有明确人生规划的作家，以及喜欢冒险的大孩子。

是枝裕和自然不想批判这样的人物。恰相反，他试图通过没有达到梦想的良多，永远没有变成令自己满意的模样的良多，去唤醒观众内心深处的自己——总是很难变成别人期望的那样子，承担起好爸爸、好丈夫、好儿子等至亲至爱眼中的完美角色——有着各种坏毛病、臭脾气，不仅事情做得不好，还会制造出难以舍弃的情感羁绊。

《步履不停》时，良多是一个沉默寡言者，他意识到了对父母的情感疏忽，却也没能真正改变什么。《如父如子》时，良多是一个家境殷实的富爸爸，他与父亲不合，却一步步把自己变成父亲那样子。

《比海更深》的良多，他活得有点累，酸中带涩，苦中有乐。因为一无所有，他的姿态就更低了，动不动就说“你与全国数以千万计的赌马迷和彩票狂为敌啊”。这样的抵赖句式，都让他更像一个没长大的天真孩子，一个父亲眼中不成才的儿子，而不是一个积极忙碌有干劲的社会人。

但这不才是疲惫人生的真相嘛。有多少人能真正成为自己梦想的那个人，而不是一直处于准备、追逐和最终打破了幻象的人生旅程上？

人生美满幸福，真是中彩票一样的概率和好运气。

整部电影，为数不多的对良多的个人肯定，来自儿子和母亲。原来他们赖以存活的真正动力，是彼此间的并肩同行，生生不息。

浑身是戏的老母亲，她对儿女的品性知根知底。良多已经这样了，那他就这样吧。有来也有别，人生不也就这样。这种轻松坦然，听起来像是煲了几十年的老火鸡汤。

女儿劝她交朋友，不然会老年痴呆。她说：“交了朋友，也只是增加参加葬礼的人物而已。”

她拿了儿子的零花钱，然后说：“这样啊，那我不客气了，不如给我买套房吧。”

听了邓丽君唱的《别离的预感》，她感慨道：“都这把岁数了，我却从来不会爱一个人比海更深。普通人都不会有的啦。就是因为没有才活得下去，而且还那么开心。”

只有把这些话串起来，再跟那400日元的彩票连在一起。我们或许才会明白，完满的幸福只是引人无限神往的梦想。

像《百元之恋》说的，即便没人在意你“100元的人生”，但也好想赢一次。还有《家族之苦》里3 500日元的鳗鱼饭，看起来美味好吃，散发着幸福的味道，结果一家人手忙脚乱，到最后也没吃上。

最后再回到开头。

台湾导演魏德圣为了拍电影，花了好几年时间找钱，最后明白了一件事情：我不是李安。大器晚成，并不是你成为李安的理由。

还有跳河的普拉东诺夫，他没死成。那条河的水，太浅了。

一个人的宇宙，有多大

《大佛普拉斯》

“现在已经是太空时代了，人类可以登上月球，却永远无法探索人们内心的宇宙。”

导演黄信尧在片中，说了这么一句旁白。有点像金句，很适合豆瓣电影短评人，或者写上电影日历。

整部电影还没有开始出画面，黄信尧的声音就跳了出来，打扰观众“讲歹势”。

画外音是《大佛普拉斯》在黑白影像、行车记录仪以外，更为重要的技巧形式。它看起来，并不是剧情无法衔接、干涩需要润滑时打的补丁，而完全是导演有话要说。黄信尧故意阻断观众的移情投入和共情体验，然而林生祥《面会菜》的旋律一出，月琴弹拨，轻轻口哨，你我还是会被打动。

《大佛普拉斯》是一部极其自由、拍得有点随心所欲的电影。突然跑出来一个到处游荡但只有一句话的释迦，海边小屋里默不作声的、不得志的人，商业气息、类型元素极浓的杀人事件，讽刺入骨的“我们都在大佛里面”……还有导演本人的无所不在。

2018 年的今天，是一个什么时间点？

伊隆·马斯克已经把特斯拉送上了天，去找火星人。黄信尧却说，我们无法探索他人内心的宇宙。

人是很简单的一种生物。吃喝拉撒，生老病死。呱呱落地，无声死去。

太空时代，与我们同步。我们多数人，却感觉它有些许遥远。只有出现伊隆·马斯克的新闻，我们才会回到人类飞向太空、登陆月球的时代。

在宇宙，或者名为宇宙的名词面前，它是我们人类所了解的无限大。在它面前，人与人才是平等的，会引发共同命运这回事。更准确地说，渺小的人类，真是太不起眼了。人变得根本不重要，是一个共同体，是被焊接在特斯拉跑车里的电路板，上写：

Made on Earth by humans

喏，只有一个英文单词，humans。

那么，大到无极限的宇宙，是如何能够变成一个人的内心的呢？这是周而复始的能量循环，还是艺术家的美好愿景？我们不得而知。

毕竟，人类制造的，又不只有火箭和太空飞船。人们也制造柏林墙。

想起《大佛普拉斯》主人公死后，送葬路上，突然漫涨的水，像一道河流，你看得到往生的人。

以柏林墙为代表的隔阂，让人类互不认同，野蛮撕裂，直近生死。远有特朗普信誓旦旦要铸造的边境墙，近有朝阳东坝小区不同业主势力的隔离墙。

《大佛普拉斯》最让人绝望的，就是人与人的阶层与阶级划分，南部最底层的民众，过着神明庇护，又呜呼哀哉的黑白生活。他们跟不上生活的敲击节奏，他们无法想象有钱人的生活。他们的女人是降维过的，就连拥有的一瞥粉红色，也是暧昧的。

他们被关在了门卫室，游戏厅和垃圾场。肚财连一张相片和证件照都没能留下，只有上了电视新闻的视频截图。死则死矣，一张睁眼的照片都指望不上，好歹，还有个粉笔画的人形，是他来过这个世界的痕迹。掉在沟里的肚财，在画面里以不舒服、带三维运动效果的“※”号姿势死去。他佝偻的身板，像个逗号。就连他的葬礼，都不是一个完美的句号。

人们还制造佛像。

《大佛普拉斯》的普拉斯，来自“plus”，即英文“加号”的音译。最表层的意思，是黄信尧把作为电影短片的《大佛》，升级成了一部剧情长片。

全片充斥大量的谐音直译和俚语操作，这是人物角色的天性使然，也是电影营造的黑色幽默风格。这也使得《大佛普拉斯》成为一部需要大量翻译的电影。

譬如主人公“菜脯”，就是闽南语的萝卜干。他的母亲，老打点滴的那位，索性叫咸菜婶。咸菜萝卜干，绰号取代了名字，就仿佛阶级成分早已经划好，定了性。

需要翻译的词汇，还包括英文名叫 Kevin 的董事长，名为“Gucci”的辣妞，“Puta”和“Budda”，“global”直译的葛洛伯。又或者是“洗门”与“7－11”，问候别人母亲与阿弥陀佛。

菜脯、肚财、释迦，不配拥有一个英文名。他们属于方言的世界，扶乩无解，就连蒋公庙的神明，都不想帮他们。

另一层看不见的翻译，是导演黄信尧从头讲到尾的评论音轨。有人会说，他是在评论，是在讲解故事。我更相信，他是在翻译，把画面影像，翻出观众看不到的一面，或者是他希望观众知道的，每一个片段隐藏的可能信息。

很难搞的制片人叶如芬，变成了被搞定的叶女士。同样难搞的摄影师钟孟宏，变成了拿下金马奖最佳摄影的中岛长雄。作为电影配乐的林生祥，给有钱人弹奏，也给穷苦人唱歌。

拍在老地方见的Kevin和叶女士，画面索性对着一片河滨的黑夜。男女的吵架，看客的评论，低吟的音乐。

导演无情地预告电影人物的命运，又有感情地抛出一些金句。不管是否好奇，猫一定会死。

生活在台湾南部的黄信尧，早年从事纪录片创作，熟稔底层民众的讲话口吻。电影以戏谑幽默，道出人生的荒谬与悲凉，笑中泛泪，感动却带着酸。据闻，黄信尧还主持过民间电台，推销保健品大力丸之类的广告，与民消夜，好似广播时代的街头艺人。如此丰富多彩的个人经历，完美解释了《大佛普拉斯》的“台味”和“黄腔”从何而来。

无论是温泉泡汤高唱《台东人》，酒池肉林的权色交易，还是黑夜中身材火辣的叶女士，歌舞不断。无法提供有效信息的行车记录仪，却提供了夸张过火的花边想象，恰似台湾社会的真实写照。看不见的，才是最丑恶的。看不见的，又何尝只有想象。

影片中还出现了《台东人》这首歌，称得上奇歌。因为它可以有两种解读，一种是劝大家不要沉迷欢场，另一种是完整的罗曼蒂克消亡史。前一种是目前可见的多种唱法，有陈雷、伍佰，还有电影里的猪头皮。后一种，比较抒情，接近于巴奈那版。

我对《台东人》的第一节歌词，稍作翻译：

竹笋离土目目柯

出了土的竹笋，一节一节，越来越老，好比岁月一年一年老去，女人的青春，稍纵即逝。

移山倒海樊梨花

就连一身绝技的樊梨花，也无计可施。(《樊梨花移山倒海》是一套老片子，也拍过电视剧。)

有情阿娘仔就甲取

若有情比海更深的姑娘，就赶紧娶回家当老婆吧。

毋通放乎伊落烟花

不要让这样的好姑娘沦落到烟花场所啊。

不消说，《太动人》就兼有道听途说的打趣，人生空空如也的抒情。《大佛普拉斯》也巧妙渗漏掉了开车上路的狗血桥段，完成从黑色幽默到虚无文艺的主旨提升。有钱人通过猎捕不同女性，洋洋得意地宣泄欲望。底层民众通过行车记录仪，对空无一物的画面评头论足，偷窥欲得到满足。导演通过画外音，打断并调侃观众：“你们千万不要把这个故事当真了。”

讽刺颐指气使不作为的政坛人物，是台湾电影常见的议题（《血观音》就用力过猛了），因此，我不认为《大佛普拉斯》是在破口大骂“阿弥陀佛”。就好比是个韩国电影，多少都喜欢抨击一下国家体制。

《大佛普拉斯》所做批判，最成功也是最恐怖的地方，不在权贵打压，号令底层，而是底层人人自知没有任何翻身可能。两个人的一宿无言，释迦也静默着。为什么呢？没人关心他们说什么。不在乎，也没用。

到头来，菜脯、肚财话最多的，就是对着行车记录仪的时候。他们是战战兢兢的偷窥者，也是拥有了话语权的操作者。到头来，台词最多的那几个人，居然包括导演黄信尧本人。他是在为何人而说？

话很多的黄信尧，不见得是在延续纪录片的手法，而是水到渠成、一定要说。《大佛普拉斯》最难能可贵的，是延续了台湾电影一如既往地关照小人物、同情失败者的精神。不忘人文情怀的道路上，依然需要黄信尧这样的人挺身而出，一再说道。

现代启示录

《燃烧》

三里屯高楼的玻璃幕墙，蘸上一层麦芽糖，闪耀着秋天短暂的金色。阳台晾晒的浴巾衣物，化作床头影子，在米白的墙纸上，自在舞着。

起风了。城中依然喧嚣。

我注视着那一方淡淡的、幕布状的焦糖色光亮。它是一部默片，是只有一名观众的小厅戏院，名字或是叫：甜蜜的生活。

《燃烧》聚焦了还没写出小说的作家。当文字工作者遭遇这样的主人公，不免会心一笑。这个群体，要数倍于随身携带剧本大纲、怀揣电影梦的北漂青年。每个人都渴望燃烧。周而复始的表达欲，像潜伏在角落的杀手，等待接头暗号，直到那飞进卧室的光影出现。它幻变不成形，反而激起再三揣摩之心。

钟秀和惠美在大排档一类的场所，聊起了哑剧，和一个想象出来的橘子；非洲的“little hunger”与“great hunger”[1]；还有不一定存在的，那只既死又活，名为Boil（烧锅炉引申出来的煮沸水）、需要钟秀去喂食的猫。

如果你记忆力还不错，惠美身后，就有在中国也常见的，城中村的硬质塑料雨布笼罩之下的路边摊。

《燃烧》开场如此吸引人，它由跟拍长镜头主导，完成了由甲到乙的出场交代。从一开始钟秀吸嘬的那口烟，到后来钟秀和惠美一起抽烟。两个人的感情，迅速升温，借由做爱完成了沸腾。钟秀嗓子底冒出来的嗯哼哈，惠美吐到纸杯子里的口水，甚至戴上安全套的前瞻后顾，都有着年轻人的日常生活真实。

惠美消失后，回头再看两个人的街头偶遇。也许惠美根本没有整容，也许钟秀在学校时，根本不曾与她说过一句话。处在即将燃烧的火宅状态的钟秀（三界如火宅，指三界的人们处在一间着火的危险的房子里，多用于比喻充满危险的尘世），在凄风冷雨中，回到了坡州的乡下老家。

钟秀比心在非洲、实为“卡奴”的惠美，更需要这次情感邂逅。

这也解释了，为什么他会看到南山观景台反射过来的转瞬即

1　字面意即“小饥饿”与“大饥饿”。

逝的一道光。

坡州有什么呢?

对钟秀而言，那儿有他空无一物的家。母亲出走多年，父亲犯法蹲监；父子二人，从头到尾没有一句对话，始终隔得老远。

坡州还有无边无尽的种蔬菜的塑料大棚；不断响起但无人应答的奇怪电话；从朝鲜国境那边飘来的高分贝宣传广播……

种种迹象表明，坡州是一个被谜团和谎言所包围的地方。可能只有一个生物是真实的——那头无人喂养的待出售的牛犊。

钟秀肯定是压抑的。

这个电影主人公，身材高大，有一双天真未去的眼睛；他写还没开始的小说，说起来不会让人嫌恶；他努力工作，为人热情，也不惧怕交际场合——只是在结账买单时，会小心翼翼地对下数目。

《燃烧》的几个主人公都不让人讨厌。这似乎说明，这部电影的意图，可能不在所谓的消解无望的阶层固化、对消费主义的金钱批判，而是一出没有战争却同样不知生活意义为何的“现代启示录”。

去非洲的惠美，其实想要逃离。

年轻漂亮有活力的她，随着白昼的消退、晚霞的燃烧，骤然消失了。除了一只看不到的猫，她没有留下任何烂摊子给钟秀。

再蠢的人都能明白，是钟秀无可救药地爱上了她，疯狂着魔，但撞上现实，却难以启齿。没有惠美的日子，惠美无处不在。

如歌曲《江南 Style》中描写的纨绔的 Ben，被形容为韩国当代的盖茨比。

他开保时捷，住豪宅，财富不知从何而来。他的工作就是玩，玩就是他的工作。Ben 人不坏，会烧菜，办派对。他有许多朋友，以及召之即来的像惠美一样的小妞。谈吐斯文优雅的他，甚至对钟秀的生活和职业有过于认真的好奇。这种好奇心之奇怪，既像情敌之间的试探，又像是阶级之间的调戏。

钟秀、惠美和 Ben，他们三人都有恍惚莫测的投缘一面。彼此生活的调性与节拍完全不同。唯有飞起叶子那一刻，他们感受着眼前同样的暮色，作为同样的“人”而存在。只是生活，却在别处。

钟秀、惠美和 Ben 的寄身之所，也各不相同。对钟秀而言，Ben 的家，从停车场、电梯到洗手间，都是足以挑衅他想象力的存在。哪怕钟秀没有表现出明目张胆的敌意，Ben 根本是在假装视而不见。燃烧塑料大棚的事故出现后，钟秀压抑克制的所有情绪，慢慢升温、变化，他不仅要沸腾，还要燃烧。

电影后半程，钟秀开始了写作；追踪 Ben 的行动，也在同时进行着。他通过写作宣泄，又在解谜过程中，走向了疯狂与毁灭。

李沧东抛出的文本游戏，引发了影迷的解读狂喜。事实上，这个故事可能什么都没有发生——尤其是当 Ben 紧紧抱住钟秀的时候，他好像比任何人都渴望自己死亡的到来。

如此一说，回头再看他在“惠美们”滔滔不绝时，打哈欠的行为反应，或许不是他厌烦眼前人，而是对生活疲惫不堪。他的绿光，不为任何世间活物而亮。

《燃烧》有着截然不同的前后段落，前半段很实，后半段很虚。三个人郊野聚会后，由于女主角的消失，钟秀掉进了《迷魂记》和《洛丽塔》一般的精神迷宫。

Ben 借助放火故事（隐喻），变身催眠的精神上师，把钟秀变成了那个真正能够完成烧大棚行动的人。

而这一切，又很可能只是钟秀的小说写作——结尾处出现他在惠美房间内奋力写作的全景镜头。电影是把玩的想象，操纵了观众。他是高高在上的创作者，可以杀死任何人，让消失的人回来，甚至把谋杀的对象，指向自己。

钟秀是否真要杀人，放弃对生活的希望，这不过是人物的宿命。这一切的源头，好像是惠美的消失，又好像是童年时代母亲的出走，或是被他自己亲手烧掉的衣服（两次烧衣服都是死亡的象征）。

他因为爱上惠美而欣喜，又眼见惠美成为富人玩物而愤怒；他不可能看不见惠美的泪，又因她在人前脱光衣服而妒火中烧。

他爱上的，是一个消失了的虚幻的她。他害怕发现真正的她，还有她的命运。他在怀疑、刺激和绝望中，决定扼杀眼前的一切，烧毁身上所有，走向一片黑暗。这部电影似乎关于一切，似乎又仅仅关乎人。

刚看完的一本书，讲了一个和想象有关的故事。

关在监狱的作家，非常同情一个老人——他每天负责打扫监狱长的住所。作家攒了每天剩下的米饭，送给这位老人。事实上，米饭糟糕得难以下咽。但老人表示了感谢，就像吃到世间美味那样，一口气吃光了。

作家非常惊讶。老人说，因为每天都能闻到监狱长厨房飘来的诱人香味，他吃到米饭时，就会想起那些可闻却不可及的味道。

作者还引述了一种观点，高明的作家或诗人，他们的写作来自想象，是一种真正的艺术，可以想象你从未经历过的事情。《燃烧》正是这样的影像艺术。

见到有人说，《燃烧》让惠美对着夕阳落泪，是一种刻奇。要这么说起来，李沧东作品的主人公，倒都算得上是爱哭鬼了。大致上，《绿鱼》《绿洲》《密阳》里，眼泪的到来，都是戏剧冲突与情感高潮的顶点。全度妍的哭，是有节奏的“教堂福音贝斯”。《绿洲》比较特殊，脑瘫主人公的情绪反应，一直是“极其用力”的。再到《薄荷糖》与《诗》，大致上可以如此概括：眼泪的存在，是为了证明悲伤不是一场幻觉。

没有拿奖的《燃烧》，并不孤独。就在同一年，土耳其导演努里·比格·杰兰的《野梨树》也在戛纳上映。我把两部电影看作一次默契的心灵对话——韩国和土耳其的乡镇青年，都在寻找人生避难所，他们都选择了文学和小说作依托。

大导演之间的对话，早有美谈。看完库布里克的《2001太空漫游》，塔可夫斯基要拍《飞向太空》。杨德昌的《牯岭街少年杀人事件》，开头的电灯泡，就开始对标《悲情城市》。至于第五代较劲般上演《霸王别姬》《活着》《蓝风筝》，又先后“刺秦”，都是高山流水的对话。

看《燃烧》，几个主人公，还有李沧东，都在跟我交谈对话。我喜欢这样的方式，胜过现实中，在挨着李沧东导演的电影院座位上，看完一部比利时电影，大气不敢出。

气球去哪了

《气球》

平遥电影宫门厅，每晚都有沙龙酒会。看完一天电影，比起往喉咙里灌酒水，人们更渴望说话、交流。

有天晚上，我在高脚桌旁，目睹一位外国电影人跟朋友展示一本绿皮书——万玛才旦的短篇小说集《乌金的牙齿》。书被翻到扉页，上面有万玛才旦的藏文亲笔签名。

书是从电影宫的新浪潮书店购买的，是加急从外地采购进货的其中一本（总共只有二十多本）。《气球》首映之后，它们被抢购一空。书店负责人Sally相当懊恼：“早知道应该多进几批。”

影迷很容易在电影宫撞见喜爱的电影人。不过，面对温文尔雅话不多的万玛才旦，也很难套出什么电影秘密。他把想说的话，都藏在了那片遥远的地方，以及近在咫尺的银幕上。

10 月 9 日中午，我从成都搭飞机，抵达太原，再赴平遥，参加影展。一出机场，工作人员安排我和一位女生同车。女生身形姣好，拉着很大一个箱子，几乎是我箱子的两倍大。看起来应该是个演员。

路上下起了雨，能见度不好。我坐副驾，她在后排，司机专注开车。大家看上去都有点累，并不说话。后来酒会上经朋友介绍，我们才算正式认识。她是《气球》的女主角，索朗旺姆。

坐车时，我跟索朗旺姆仅点头致意，没有贸然打招呼认识是有原因的。

2016 年，我在上海影城大堂转悠，看到人群中有个女生，好像刚在电影里见过。犹豫一番后，我走了上去，对她说："……很喜欢《皮绳上的魂》，还有你的表演。"

这位女演员，一下子很是尴尬，只答："你认错人了。"

她转身走后，朋友上来拍了拍我："她是德姬啊……"

自那之后，我再也不嘲笑总是认错演员、有人脸识别障碍的好朋友吴觉人了。巧合的是，德姬是《拉姆与嘎贝》的女主演，这次也来平遥参加影展。

索朗旺姆在《皮绳上的魂》和《撞死了一只羊》里都饰演了老板娘角色。尤其是后者里的风情老板娘，与司机金巴一番寒暄，话中有话，别有风情。

《气球》的索朗旺姆，人物角色与《撞死了一只羊》判若两人。她从烟雾缭绕的康巴酒馆，走进了生火做饭的草原帐篷。正是在万玛才旦的指导下，索朗旺姆奉献了精湛的演出，凭《气球》获得了海南岛国际电影节最佳女主角。

读万玛才旦短篇小说集《乌金的牙齿》，专门跳过《气球》一篇。不为别的，想等等电影。平遥国际电影展看完片子，赶紧补上小说。成片在结构上，气球的出现，徘徊和结局，与小说的发展完全一致。电影多出来了两个男性人物。是哪两个，读者不妨猜一猜（书很容易买到）。

万玛才旦小说的一大特点，就是文字清浅凝练，充当了剧本的源头活水。从小说到改编剧本，再到定剪成片，外人很难衡量这个过程的转化效益。对于万玛才旦，从作家转行当导演，写小说的文学底子却是必不可少的。也难怪有人说，电影学院这几十年，除了培养出天才型的张艺谋和贾樟柯，接下来就是万玛才旦这种带着“东西”进学校的。这里的“东西”，指丰富的社会历练，特殊的藏地经验，明确的自我观点，还包括他的作家身份。

从生之门，到死之海，《气球》可能是万玛才旦用情最多的一部作品。它升腾在火中，潜藏在水下，甚至飞上了天。还有人说，万玛才旦只是在奔往伊朗电影的路上，日夜兼程，疾驰而行。

这种情，有小孩子的气球恶作剧。特别演出的塔洛先生（演员西德尼玛），贡献了惊人的口水演出。不妨认为它是对情欲和东方人隐私的玩笑，是人情逗趣。

转世轮回的反复讨论，在万玛才旦多篇小说中不时出现，它联结了父子、爷孙。异常有趣的是，看完《气球》的观众，如果接着看陈哲艺的《热带雨》，不免会觉得，那只象征生育繁衍和下一代的红色气球，居然可以完成青藏高原到南洋雨林的旅行。

开场交代完毕，万玛才旦让电影镜头迅速进入一个家庭的内部，描绘起藏地人家的世俗生活。此前的作品，万玛才旦更多地把电影人物放置在寺庙、荒野和路上，与世俗生活和城市文明保持距离。

找种羊配种的男主，操持大小家务的女主，出家当尼姑的女主妹妹，念六字真言的老爷子，想要气球礼物而不得的两个小儿子，还有在县城中学寄宿读书的大儿子——围坐吃饭，这一家子，有七口人，还有一大群羊。

万玛才旦前作《撞死了一只羊》是一个抽象的带有挑逗观众意味的寓言故事。《塔洛》是关于活在文明化外、几乎忘掉了自己名字的纯真牧羊人的故事。《气球》则有父子三代情，家庭成员的情感脉络清晰可见。就连阿尼身上，也浮现出独立的情感线索。

万玛才旦沿用了《塔洛》（塔洛和发廊妹）和《撞羊》（司机和老板娘）的四位演员，营造出不同电影作品之间的镜像体验——另外一种转世轮回。

《气球》最惊人的表现，来自影片的长镜头，用一气呵成形容都不为过。你会觉得，金巴扑入羊圈，抓起羊来就是那样厉害。阿尼回学校、火中夺书，更胜过凡人爱的箴言万千。尤其是烧书一段——那本关于人们不愿互诉衷曲的书就叫《气球》。阿尼不假思索，直接探出手去火中取书，直接击穿了我的心理防线。这就是真实的力量，让人毫无防备。片中的长镜头，还有阿尼入学校，老父亲出殡，都会形成一段完整的真实时间，将你带入人物的心理情境。

这些长镜头是连续，且有感情的。你不难通过抓羊的运动，去联想高原之家的生存状况。还有那避而不见、试图忘却的往日恋曲。阿尼一直压低着头，让自己的脸，隐藏在红色僧帽的阴影下，只露出轮廓与线条。如此一番，观众的好奇心倒是上来了。日光底下的这两个人，过去到底是怎么回事。

阿尼的过去发生了什么，《气球》始终没有明说。但火中取书一段，令她旧伤未平，又添新伤。围绕那本书的几场戏（送书、烧书、探望），也就是阿尼一生的故事。只是我们不曾，也没有机会去翻开它。

演员方面，两位女演员，索朗旺姆和杨秀措的肢体语言都丰富到位。她们不需要开口，不需要设置、强调戏剧冲突，身形与影子，就仿佛在诉说她们的人生故事。她们的表现，在年度表演中已经属于佼佼者。很抱歉地说，大多数中国电影里的女演员，就连“形象”这一关都没有过。

索朗旺姆在《撞羊》中，是以暗情涌动的台词和撩人的表情特写取胜的。这一次，她一直弓着身子，忙里忙外，又羞于开口说起避孕的事情。

杨秀措在出场之后，一直没有开口说台词。红教尼姑造型清奇。回想起来，依然不记得她的模样，就像撞见一副红色的印象派画作。这是藏地电影中都罕见的角色，有红尘未了又无可奈何的意思。

《气球》包含了导演过去作品的影子，也指向一些经典名片。一眼可见的，是《红气球》和《蒙古精神》。《气球》把依然沉浸在《撞死了一只羊》灵魂出窍体验中的影迷，用“不在此时、不在此地”的超验，再往超脱的感受上推进一步。超现实镜头，交织了过去与幻想，奔丧与送行，于我个人都有强烈的触动。

生不生孩子，是个立足当下的话题，但在不同时代、不同地域又催生出不同的荒诞悲喜剧。好比电影里，不能生育产崽的老母羊，变成了一个累赘。再到松太加的《拉姆与嘎贝》，婚姻与孩子引发的麻烦，堪比阿斯哈·法哈蒂的家庭风暴。

《气球》不设太多距离，去拥抱一个人性、宗教与伦理的故事。我想，它首先是一个关于人的故事。例如金巴饰演的男主角色，有观众会问：他是一个好父亲，还是一个坏丈夫？小儿子几次追问他，还没有从县城买气球回来吗？他都敷衍而过，跟朋友喝着大酒。

如气球一般，种羊也是一个引发生存压力的事物。这一家人所处的境地，显然是到了要考虑多一张嘴就会有麻烦的地步。享受“衣来伸手，饭来张口”生活的独生一代，似乎很难理解讨要一个气球，需要磨蹭那么久，倒过来还去强迫妻子这啊那的。

无论如何，在男主角道歉和带回红气球的那一刻，我认为，眼前这个汉子是真实、矛盾且丰满有血肉的。他是个尽职的父亲，正如他教训不想读书的大儿子。他可以像种羊那样能干，也愿意为了老父亲做尽孝之事。同样的事情，似乎也发生在妻子身上。她斩断阿尼残留在俗世的最后一丝念想，错过化解误会与道歉的决绝，与她无法控制自己的命运走向不无关联。

带着愧疚，愿意认错——例如高大的父亲与瘦削的小学老师，他们会因为犯了错而感到痛苦，但也希望能从错误中站起来——会犯错，能修正，带着忏悔，去做弥补，这才是人。

电影最后，两只气球的命运，不一定超乎观众的想象。然而，气球身上，居然同时可解读出两种象征。一种说法是，它们是爷爷与新生命，是明线。还有一种认为，它们象征两个女性角色——阿尼和远走的母亲，两个女人身上的隐线故事，一个半开放的结局。我认为这种处理是《气球》的高明之处，它说出了选择“自由的命运”和“为别人而活”的道德两难。

这是万玛才旦从影十四年的大成之作。

图书在版编目（CIP）数据

非必要清单 / 木卫二著. —上海：东方出版中心，2022.7

ISBN 978-7-5473-1986-4

Ⅰ. ①非… Ⅱ. ①木… Ⅲ. ①随笔－作品集－中国－当代 Ⅳ. ①I267.1

中国版本图书馆CIP数据核字（2022）第105275号

非必要清单

著　　者　木卫二
责任编辑　韦晨晔　江彦懿
装帧设计　钟　颖

出版发行　东方出版中心有限公司
地　　址　上海市仙霞路345号
邮政编码　200336
电　　话　021-62417400
印 刷 者　上海万卷印刷股份有限公司

开　　本　890mm×1240mm　1/32
印　　张　8.5
字　　数　129千字
版　　次　2022年8月第1版
印　　次　2022年8月第1次印刷
定　　价　48.00元